THIBAULT DAELMAN

L'ENTROUBLI

LE TRIPODE

Ma paix, de mémoire,
n'a ni bruit ni silence propres.
Les hurlements confinés du foyer de l'enfance
se sont perdus dans le tumulte salutaire de la rue.
Sorte de calme.

LIVRE I

LA VILLE ÉCLAIRE ce qui sans elle serait la nuit. Plus haut encore, quatre lampadaires s'inclinent sur un rectangle synthétique où jaillit un ballon, tous à sa poursuite. Sans maillots ni arbitre, on devine à qui pourchasse et à qui réclame, avec et contre qui on est. D'ici, nuées autour des spots, les mouches passent pour des lucioles. Dans les nets contours du lieu, on court à l'infini. Là, on se bouscule, bascule, s'insurge, se relève, se distance, frappe, marque. On salue la foule qu'on imagine. Et déjà, le ballon s'émancipe. Et déjà, on court à lui, se le dispute. Tandis que les nerfs se lassent et que les règles s'essoufflent, il est temps pour les vaincus de demander la défaite aux vainqueurs, qui l'acceptent comme une faveur.

Alors, toutes mains aux hanches, on s'agglutine face à une seule cage démesurée où l'on tire de trop près sur un gardien sans défense et sans gants, désigné volontaire. On frappe comme on s'insulte et comme on rit. Sans compter. L'enjeu est déjà hors du cadre, parmi des centaines de carrés de lumière. Chacun en guette un du coin de l'œil. Il faudra rentrer dans les temps. On se propulse en coup de vent dans les rues où le ballon tombe des mains jusque sur la route. On rattrape le retard qu'on s'est créé. Et puis on arrive sans plus de souffle pour boire et manger ce qu'il y a à boire et à manger.

*

Échoué sur un coin du buffet où il tenait d'une main une bouteille en plastique et de l'autre l'endive qu'il croquait à pleines dents, cet inconnu rougeâtre dont le crâne luisait certains soirs dans notre cuisine buvait au goulot le vin sombre qui était son odeur. Sur lui, la lumière semblait peser. Il était petit et massif. Étrange.

Étrange d'être homme. Ses grosses joues écarlates étaient parsemées de poils drus. Certains sortaient en pagaille de ses oreilles. Il y avait des poils jusque sur chacune de ses phalanges. Une chevelure grasse et brune se plaquait au pourtour de son crâne. Des sourcils noirs et touffus s'abaissaient sur des yeux trop profondément enfoncés d'ombre pour être vus et peut-être pour voir. Ses pupilles, relevées vers nous sans s'y poser, recelaient la clarté discrète d'un vert taché de gris.

*

Il y avait *nous* et *lui*, qu'une coïncidence menait parfois à se nourrir dans un même lieu, sans se savoir. Au surplomb, notre mère debout, appuyée d'une main sur l'évier, devenait une source continue de décibels, prenant dans l'encombrement moite de la cuisine l'importance d'une pensée, cascade aigre de mots qui finissait en insultes, en pleurs, à hurler. Il fallait peu de temps pour que, bouches pleines, nous pleurions et hurlions tous, conséquemment et sans motif, peut-être de fatigue ; et, enfin, de la fatigue que cause pleurer. Lui se redressait alors péniblement dans une grimace et un soupir, quittant à pas lourds sa bouteille vide, les insultes de notre mère et ce vacarme strident et polyphonique que nous étions en surplus.

Dans cette phase du drame récurrent, elle épongeait ses larmes comme les nôtres. Le calme revenait. Après le repas, en enfilade derrière elle dans le couloir qui menait de la cuisine à la salle de bains, nous apercevions au passage, dans l'entrouverture du séjour, sur une chaise, le volume d'une silhouette tête baissée dans l'obscurité. Au retour, la silhouette encore immobile devenait sonore. Nous nous éloignions par binômes d'un ronflement que portes et distances ne pouvaient tout à fait assourdir.

*

Enfant, les journées sont des époques. Au soir de celles-ci, notre mère nous gavait des gâteaux qu'elle faisait en notre absence et remettait à flot nos petits cerveaux engourdis. Autour de la table recouverte de strates de feuilles et de cahiers, elle veillait, omnipotente, sur chaque ligne et chaque signe où nos regards suivaient de près les mines de nos stylos. Chacun à son niveau faisait de son mieux. Ce mieux était, plus qu'une fin en soi, le moyen de prouver au monde et, au-dessus, à la famille, qu'on peut réussir de rien. Nous travaillions ainsi à rétablir son honneur. Notre tablée était l'officine de sa revanche. Elle s'enquérait chaque soir de nos notes. Les résultats adjugeaient de nos êtres.

Ceux d'Arthur, très bons, mais pas excellents, étaient au regard de son sérieux jugés moyens. Seule son application était exemplaire, digne de considération. Ses efforts ne prouveraient rien de son intelligence. Moyen, il l'était substantiellement. Aucune réussite n'invaliderait le diagnostic. Il ne réussirait au mieux qu'envers et contre lui.

Mon cas était l'opposé du sien. Partout où mon intérêt se portait, mes notes, sans effort, étaient bonnes. Un travers cependant compromettait d'avance mon parcours. Inconstant, dissipé et joueur, je ne faisais bien que ce que j'aimais. Et je n'aimais que les mots. J'en ferais, se rassurait-elle, peut-être quelque chose.

Émile, le petit dernier, n'était tenu à rien. Il avait réussi de naissance. Ou plutôt était-il, de naissance, dispensé de réussir. Il était un peu plus aimé que tous, un peu à part, incomparable. Il n'avait pas même besoin de son estime. Elle s'attendrissait néanmoins des quelques efforts qu'il tenait à faire de lui-même à l'école. Insatisfait de son privilège affectif, il convoitait un peu de cette belle intransigeance dont elle ne lui donnait pas une miette. Il n'avait droit qu'au même sourire inconditionnel. Ses notes, bonnes ou mauvaises, ne signifiaient rien. Sa réussite, vaguement encouragée et appréciée, demeurait accessoire.

César, d'une dizaine d'années notre aîné, remplissait quant à lui en son absence de la table le rôle de contre-exemple. Il avait été avant nos naissances le plus intelligent de tous et s'était de lui-même égaré en chemin, par désobéissance, paresse, indiscipline. Ses études s'étaient terminées tôt, avec tout espoir. Depuis, il incarnait une promesse non tenue, une désillusion définitive. Son individu nous était désigné comme une balise à la dérive à l'approche de laquelle s'épaississait la brume de l'échec. Toute rébellion, manquement ou insolence nous valait l'appellation de « César numéro deux ». Sorte de condamnation. Ou plutôt, de damnation. Une menace de désamour.

Edgar, enfin, échoué sur des cahiers qui ne lui furent jamais que du papier, flottait loin de ces considérations. Notre mère avait beau le rappeler à ses devoirs, ses yeux préféraient loucher au loin. Elle soupirait tendrement à le voir voguer hors de tout. Les instituteurs, le reléguant avec un puzzle au fond de la classe, avaient fait le deuil de son éducation, le laissant à l'illettrisme. Penchée sur son épaule, jouxtant son esprit au sien, lisant dans son oreille à voix basse, glissant pour lui son doigt sur les lignes, elle redoublait de prévenance, l'entourait de ses bras et de toute son aide. De sa nature de mère provenait un entêtement actif infiniment plus durable que la patience. À chaque queue de lettre dont ils remplirent longtemps des cahiers entiers, elle coupla une main à sa main. Elle chercha dehors, dans un monde sourd, des recoins de structure où quelques psychiatres, psychologues, orthophonistes, daigneraient aider. Tous, tour à tour, démissionnaient après avoir du haut de leurs expertises conjuguées tenté de ramener ma mère à la raison.

Tournant le dos, elle lui prenait la main et l'amenait ailleurs. Il cumula ainsi en parallèle de nous, puis loin derrière, des années de retard dans lesquelles elle ne vit jamais le moindre motif d'abandon.

*

Enfant, notre mère avait fait d'instinct pour son frère jumeau handicapé mental contre cet identique et éternel renoncement ambiant des efforts qu'on aurait dit désespérés mais qui ne pouvaient être que d'espoir. Elle n'était vraiment humaine qu'à démentir en actes les limites extrêmes que l'humanité se croit. Même notre père bénéficierait plus tard de cette énergie qu'elle avait en dernier recours pour autrui sur le bord du gouffre. Elle ne laissait personne au mépris de l'espèce. À bras-le-corps, elle l'endiguait.

*

Maman. Une voix, une diction, une chaleur.

Un corps géant, plus entier qu'un monde.

Et, à portée de peau, une peau, un infini de peau à saisir, sentir, contempler.

Là, des plis connus de bras, de cou, et soi — à même — bercé de fait, consolé d'une tristesse ou de rien, mais consolé, respirant où ça respire, où ça bat.

S'y blottir c'est se rejoindre.

*

Les après-midi vacants, le chaos matériel était pris de convulsions humaines. De nombreux convives s'y injectaient. Ma mère, que la présence de petits visiteurs apaisait, travaillait à nourrir le surcroît. Aux cris fumants des louches dans les poêles, une pile de crêpes se régénérait à mesure que nous l'ingurgitions. À la réception, il y avait parmi les mains et les bouches actives, celles de Kévin et Jason, deux frères voisins de nos âges dont le père gendarme remettait l'éducation à une mère dépressive et démissionnaire ou, le cas échéant, à la cravache dont leurs corps hilares et pleurants avaient tôt contracté l'habitude, comme de cracher et d'insulter. Ma mère, à force de respect et d'écoute, obtenait d'eux une tenue toute relative dont elle se flattait, tout comme de la joie qu'ils avaient à nous côtoyer. À deux étages du leur, notre désordre leur était bénin, et cher. Ils ne cessaient de sauter, de grimper sur les tables et les lits, de s'insulter ou de se battre, mais le faisaient sans provocation. Leur indiscipline, pourvu qu'elle ne fût pas défiante, sonnait fort mais comme sourd. Selon ma mère, se battre ne leur était qu'une manière de se débattre, de se défouler. À les voir parmi nous, elle se réjouissait en secret de notre éducation.

Ça sonna, elle alla à la porte. Abdel, que son imposante mère engraissait comme un membre supplémentaire de son corps et dont l'enfance n'était qu'une longue occasion de grossir, suffoquait de respirer. Il était discret, quasi muet, friand cependant de cette distraction en relief que nous lui étions au relais de la télé que sa mère et lui avaient pour seul monde. D'abord patraque, absent, il s'émerveillait peu à peu d'être avec nous, s'éveillait, prenait sa part d'existence, de crêpes et de joie.

À l'autre bout de la table, il y avait Henri-Alexandre, lui aussi enfant unique d'une mère seule, blond aux yeux bleus dont les pupilles semblaient devoir leur limpidité à cette absence totale de pensée que sa mère prenait encore pour de l'innocence. La pitié attendrie qu'il inspirait à ma mère, renforcée par la bonne entente qu'elle avait avec la sienne, nous le décrétait ami. Avec joie, nous l'acceptions comme tel. Il n'aimait néanmoins pas plus jouer avec nous qu'avec quiconque ou qu'avec lui-même. C'est donc sans cruauté qu'il prenait les jouets de nos mains pour ne rien en faire. Il aimait posséder. Pas longtemps.

Il était étranger à tout, ni joyeux ni le contraire. Il n'était qu'unique.

*

Il y avait aussi les voisins de palier. Famille qui à appartement équivalent était composée de deux parents et de quatre enfants de nos âges. Trois garçons et une fille. Chacune devant une porte largement entrebâillée, les mères nous laissaient nous propager d'une odeur permanente de crêpes, de chocolat et de pisse de chat à une autre tout aussi permanente d'épices, de chorba et de fleur d'oranger. Le palier était leur pièce à vivre. Caisse de résonance où il était question de nous comme de deux cuisines concurrentes, opulentes, curieuses de l'autre. Notre chat, mécontent d'être à cette libre circulation le seul paria, profitait de l'inattention pour se projeter entre les jambes maternelles, de chez nous à chez eux, déclenchant des plaintes instantanées, nos rires et sa traque sous tous les meubles, dans toutes les pièces et placards.

*

Il y avait encore Teddy, Ibrahim et tonton Raphaël, le jumeau de notre mère. Le chaos n'est que rétrospectif. Chacun s'y plaisait soit par exotisme, soit par habitude de pire. Nul besoin d'adhérer. On se diluait.

*

On criait de rien, se taisait de moins encore. On s'instruisait de ce qu'on inventait, devançait l'inconnu à grands gestes, à hautes voix. On négociait le mystère, se jouait de savoir, s'éparpillait, développait, poursuivait, s'interrompait, frappés de cette absence, brusque, qu'on n'appelle pas encore *penser.* C'est l'instant qui nous crachait, nous reprenait.

Nous étions envahis de son. Du son de nous. Vacarme qui s'ignorait. Ça bruitait, ça chialait, englobait. Tonus inclusif qui montait aux crânes, énervait et calmait. Un désir de la main à l'objet s'arrêtait parfois pour un autre ou pour mille, urgents, oubliés. On se laissait solliciter, submerger d'activité, de jaillissements. Voguant au possible, on n'était rien. Rien que nous.

*

Quoiqu'il n'y eût eu aucune raison d'aimer notre père, quelque chose en moi y tendait. Il n'y avait après tout pas non plus de raison de ne pas l'aimer. L'aimer, cependant, eût été une faute, une trahison. Il ne fallait aimer qu'elle. Et comme elle était sa victime, le haïr était requis.

Alors, par solidarité, nous nous exécutions. Notre milice vigilante s'abattait en ricanements sur celui d'entre nous qui était pris en flagrant délit d'empathie pour notre père. Tout élan de tendresse, même soupçonné, était moqué. Pris sur le fait, on s'en défendait la gorge serrée comme d'une faute commise. Nous tenions jusqu'à l'intérieur de nous-mêmes notre désaffection pour un principe. Elle était cause commune. Devant les gens impressionnables, nous aimions à faire preuve d'irrespect envers la figure paternelle, transgressant la bienséance jusqu'à l'insulte. Fiers de notre audace, nous omettions de préciser que notre insubordination n'était que feinte, ne se heurtant à aucune autorité, pas même à un père. Notre mère nous élevait sans, jusqu'autour. Là, il se consumait, centre muet de la ronde hostile, vociférante, frénétique, qu'elle présidait. Elle instituait le sacrifice. Les flammes étaient de reproches. Leur flambée fut notre enfance.

Elle l'appelait *gros porc*. Sa violence verbale s'accomplissait en nous, par nous. Je n'ai pas souvenir que nous l'eussions un jour appelé papa.

L'idée qu'elle eût pu avoir tort n'était pas concevable. Rien ne l'était d'ailleurs. Enfant, on ne conçoit pas. Émis par la figure tutélaire, les paradoxes les plus flagrants, même insolubles, peuvent faire loi. Il était l'intrus qui rentrait trop tard. Sa présence et son absence étaient les deux faces de sa faute. Il lui était reproché de ne pas se soucier de nous, lui qui sous peine d'insulte n'avait pas le droit de nous parler. Il ne s'y risquait d'ailleurs pas, contournant sans un regard nos corps agités. Il ne méritait aucune miette de notre éducation. Ni respect ni égard. Tout ça était exclusivement destiné à l'humanité. Lui ne méritait que le mépris qu'elle initiait.

Elle haïssait en un seul tous les hommes. Elle haïssait à en souffrir. Elle était, par nous, nombreuse à haïr. Du moins, le croyait-elle.

Cette lutte que nous menions sous influence ne se faisait pas contre un père mais contre l'insoutenable impossibilité d'un père. Pas contre un être mais contre nous-mêmes. Et, jusque dans l'enceinte de nos côtes, contre un sentiment tenace de tendresse qui lui survécut, lui survit.

Le cœur fervent du foyer était la plus petite des pièces, l'une des plus encombrées, source irradiante d'activités, d'odeurs et de moiteur. Le sol, les murs, les meubles, tout y était poisseux, jusqu'au fond, aux vitres troublées d'une vapeur grasse, pérenne. Deux profonds éviers étaient gardés en secret par une impressionnante montagne de vaisselle sale dont l'éboulis couvrait la plaque de cuisson. Où il y avait de la place, il y avait quelque chose. Où il n'y en avait pas, il en tombait. Le frigo, saturé à l'extérieur de bons d'achat, de recettes et d'aimants fantaisistes, l'était à l'intérieur de tant de marchandises qu'on n'ouvrait pas la porte sans s'exposer à un débordement. Si l'ampoule y avait un jour fonctionné, sa lumière aurait été ensevelie loin sous la victuaille. Pas un centimètre n'y était inconquis. Le meuble était lui-même, jusqu'au plafond, recouvert de récipients. Autour, certains hauts placards étaient si pleins que nul ne se risquait plus à les ouvrir. Sous le poids des choses, aucun tiroir ne coulissait d'ailleurs, ou alors s'ouvrait-il, plein à craquer, sur un autre. Chaque boîte vide était l'occasion d'une autre boîte, si bien qu'il n'y en avait pas de vides.

Entre le frigo et le four, enduites de graillon, des plaques et grilles métalliques bourrées à la verticale menaçaient de s'effondrer. Quand à l'occasion rien n'y cuisait, le four contenait au creux de son épaisse couche sédimentaire un excédent de poêles et de casseroles. Il en allait de même pour le micro-ondes.

La pièce était si pleine qu'en décrire le contenu serait peine perdue. Disons pour être précis que l'espace était régi par une haine de l'espace, du vide et de l'interstice. Quand elle ne l'était pas de nous, alignés coude à coude sur une table où il revenait à chacun de s'arroger la place d'une assiette, l'anarchie matérielle était seulement habitée par le vol lent de quelques infimes insectes à qui ce tout petit endroit servait de mégalopole.

Ma mère, jusque dans les plus inaccessibles replis de son monde, avait, plus que de tout, honte de ce désordre. Par moments, elle nous incriminait. À l'abri de tout regard extérieur, elle ne l'était cependant pas d'un jugement terrible, permanent, acide, qu'elle ignorait être le sien. Toujours de plus en plus étroitement cernée, persécutée, elle habitait sa honte.

*

Après le dîner, un moment atteint de silence s'arrogeait l'espace de la cuisine et m'était réservé. Le temps que mes frères gagnent leurs chambres, la pièce, changeant de fonction, changeait de nature. Me trouver seul avec ma mère était en soi un événement troublant et bien que rituel, chaque fois exceptionnel. Tout semblait différent, à commencer par le temps. Le sommeil déjà m'arrachait des bâillements. J'étais alors autant en joie qu'en lutte. J'avais en moi quelque chose à puiser et à opposer à la somnolence. Cette énergie-là était à concentrer, à affecter tout entière à notre tâche.

Après un coup d'éponge, ma mère disposait le cahier sur la table, puis se penchait sur moi et, à travers moi, sur les lettres qu'elle me soufflait à l'oreille. Chacune était un son. La magie commençait d'emblée à cette faculté que les signes ont à résonner de mémoire et de vive voix, leur association créant des syllabes ; ces syllabes, des mots. Les mêmes que dans la vie. S'amorçait alors une rude incursion de l'autre côté de la parole. La parole, sur la page, recelait un avant, une réalité antérieure au souffle. Déchiffrant à haute voix chaque amalgame de caractères, j'étais chaque fois bouleversé d'avoir été traversé. C'était donc par là – par nous – que les mots nous empruntant rejoignaient l'air de ce monde. Ma mère autant que moi s'en émouvait, me souriait, m'encourageait. Et tandis que le sommeil achevait de m'envahir, mon entrain, de mot en mot, puis en phrase, tournait à l'euphorie. Prononcer était un émerveillement partagé, ardent, incantatoire.

À rebours de ma voix, je surprenais chaque fois un vague écho muet. Écho de sens. Mais il était trop tôt pour ça, et déjà trop tard. Je tombais de fatigue. D'une fatigue embrasée où il y avait encore des mots, fuyants, crépitants, infinis.

MA MÈRE EST PAROLE. Parler lui est physiologique. Depuis la première heure du jour, elle parle. Quand elle est seule, elle l'est à haute voix. Lisant, elle susurre. Sinon, elle parle ses gestes, elle parle ce qu'elle fait, ce qu'elle a à faire et, entre-temps, parfois, elle parle ce qu'elle pense. De la détresse, du reproche, du suicide se calent ainsi entre une remarque sur la lessive et une pensée pour le four et, demain, ne pas oublier de passer à la pharmacie. Elle est mieux que l'ancienne, la pharmacie, mais trop chère, c'est comme tout… Et ça continue. Sa parole partout la précède, la suit. Jusque dans le sommeil. La nuit, le jour, en dépit. Variant de ton selon l'humeur, s'embrasant, s'apaisant, distraitement, intensément, continûment. Elle parle plus assidûment qu'elle respire. Sa voix est la plus grande part d'elle-même.

Envoûté, haletant, actif, son corps suit. Elle se pose des questions qui lui sont des réponses. Et poursuit. Elle se parle pendant qu'elle vous parle, pendant que vous parlez, pendant qu'elle écoute. Elle vous parle jusque sur le palier et de là, portant la voix, aux étages que vous dévalez. Aucun au revoir ne saurait l'interrompre. Elle parle aux portes ouvertes, aux portes fermées. Alors, sa voix s'étouffe. Pas elle. Jamais. Elle parle comme d'autres se taisent. Elle parle sans rien dire.

*

Notre mère aussi avait ses devoirs. Ce qu'elle appelait « les papiers importants ». Piles de matière volatile dont elle tapissait la table. Chiffres et mots inertes qu'elle surlignait, annotait, triait, méthodique, consciencieuse, puis nerveuse, comme cernée.

— Votre père nous fera tous mettre à la rue
à force de boire l'argent du loyer !
Si ça continue, ils vont bientôt nous couper
l'eau, l'électricité, nous supprimer les allocs,
envoyer les huissiers, les assistantes sociales,
et les flics !...

Dettes, retards de paiement, créances, relances, échéances, préavis d'expulsion, en astérisques, en lignes, en italique, en gras, la menace depuis la paperasse s'infiltrait en elle jusqu'à lui déborder les yeux. Ces larmes-là, inhabituelles, étaient sans cri, puis sans mots.

La crainte noyait la plainte.

*

Bientôt le bas de rayon ne fut plus dans nos moyens. Notre mère, ayant la science des prix, les savait plus bas encore en certains lieux qui de fait devinrent la destination de nos sorties. À un arrondissement du nôtre, le riz par sac de vingt kilos s'achetait aux Chinois. Occasion de faire aussi le plein de poisson et de nougats de sésame en gélatine. Tout le reste se trouvait à l'extrémité de la ville, un peu outre. Une bonne heure de métro à l'issue de laquelle on s'injectait dans plus de foule, au point où la foule ne parle plus que toutes les langues, puis une seule, de vacarme. Doublé de sacs, de paniers et de poussettes, le passage partout se force. Ça sent le maïs grillé, les égouts, le textile, le plastique. Des musiques de partout font un hymne au bruit. La hâte se contraint, se ralentit, se heurte et, ainsi même, avance. Dans la matière humaine plus haute que nous de nombreuses têtes, chaque pas s'obtient. Les corps s'écrasent et s'extirpent. Le ciel n'est jamais si loin qu'au-dessus de la bousculade qui partout se resserre, s'épaissit. Parmi les jambes, on se cherche, ne se cherche plus, se présume et poursuit. L'humain, matière lente, inexpiable, coule en lave dans les rues qu'il s'est données. De long en large, toutes les manières d'encombrer, étals, camions en double file, piles caduques de palettes, de cageots, de vêtements. Les cartons, les fruits et les cintres gisent. On n'avance qu'à trébucher, puis s'engouffre où le marché déjà privé d'espace se prive de ciel. Le tumulte s'amplifie et résonne. Les odeurs âcres de viande crue remplacent l'air ; les cris, toute éventualité de silence. Un peu plus haut que tout, un jet de voix arabe atteint soudain la foule qui, vers lui, se rue, se précipite, notre mère dedans, tendant en bonne place son bras parmi cent, pinçant entre deux doigts un billet pour une denrée convoitée dont elle ne connaît que le prix. Une affaire. Elle en a deux charriots déjà pleins et encore assez de bras parmi la foule. On proteste. Elle répartit.

*

Après quelques heures, tous doigts déformés, sciés au plastique distendu des sacs, on râle comme on se traîne. En silence. La foule se disperse. Au claquement de tout ce qui se remballe, se replie, les marchands dépouillés n'ont plus l'air de vendre, mais de supplier. À nous voir passer, on nous parle français, on flatte la dame et ses enfants, on offre.

Nous rentrerons le soir venu à l'autre extrémité de la ville, chez nous, avec aux bras plus de poids que nous-mêmes, à manger.

NOTRE MÈRE, À SA SÉPARATION d'avec le père de César, ne l'avait plus revu. César non plus. Il n'en avait vite plus eu aucun souvenir. Elle était devenue raciste, d'un racisme circonstanciel, sourd mais palpable, jamais complètement avoué, inconnu d'elle-même. Raciste moins des Maghrébins que conséquemment de son fils. Moitié d'ennemi.

— Tu as le sang chaud, le sang méditerranéen !

Lui rappelait-elle souvent au point critique, privant en cette remarque suprême sa colère de tout fondement rationnel, de propos. Il était colérique comme il était arabe. Son tempérament n'était qu'une manifestation et une crise de cette tare innée qui constituait la moitié de son être. Elle n'argumentait pas. Elle frappait à l'essence. Puis l'attaque ciblée s'étendait d'une moitié de lui à tout lui, et à une moitié de l'humanité.

— Tu seras bientôt un homme. Tu seras
comme ton père, comme tous les hommes.
Tu ne respecteras pas les femmes.

Répétait-elle, tantôt placide, tantôt pleurant, tandis que César s'essoufflait de colère comme un mauvais présage que la nature complice parachevait. Il aurait beau protester, il ne serait bientôt plus que l'ennemi fini, l'ennemi complet, le portrait craché de son père violent, exclu. Ne pouvant plus rien attendre d'elle, plus rien défendre et plus rien être, ne lui restait que hurler. Ma mère ferma la porte de la cuisine sur César dont le cri s'étouffa un peu. Quand, s'adossant à l'évier, elle reprit auprès de nous sa place habituelle, l'épaisse vitre trouble de la porte de la cuisine éclata. Dans l'encadrement vide, César, haletant, muet. Sa main et son avant-bras n'étaient plus qu'une protubérance d'où des ruisseaux rouges fuyaient. Certains éclats sur la table, jusque dans nos assiettes fumantes, étaient sous nos yeux instantanément troublés de larmes, teints de cette couleur. Alors que, sur nos pleurs sonores, ils reprirent tous deux leurs cris de plus belle, ma mère alla à lui, ouvrant la porte où ne se suspendaient plus que quelques péninsules fissurées de verre. Elle lui ordonna d'aller aux urgences. Pleurant, suppliant, elle ne voulait personne ici, ne pas alarmer les services sociaux. Pas même les pompiers. Lui, de toute façon, ne voulait voir personne. Le sang coulait abondamment. Elle le conjura de laisser un oncle médecin venir le désinfecter. Grimaçant de douleur, il finit par accepter.

À l'aide d'une pince à épiler, on ôta de sa chair, un à un, chaque débris.

Par la suite, une fois César pansé et parti, on vida nos assiettes dans la poubelle puis nous commanda une pile de pizzas à l'américaine qui nous arrivèrent comme par erreur pour un jour de fête. La vitre ne fut pas remplacée.

La porte de la chambre de César faisait un bruit singulier. Il ne l'ouvrait que fort. Comme il la claquait. À toute heure. Des bandes de mousse avaient un jour été accolées au pourtour pour amortir le claquement, y contenir fumée et bruit. La mousse s'était vite détachée.

À chaque ouverture, l'adhésif faisait suivre ce bruit de poignée qu'on violente de celui d'un pansement qu'on arrache.

Depuis les toilettes – dont la porte qu'il ne fermait jamais était à un pas de la sienne – une cascade d'urine résonnait, suivie d'un bref retour dans sa chambre. Du moins, l'espérait-on. Lorsqu'il croisait notre mère, ils avaient pour chacun des mots hostiles. L'hostilité était aussi parfois pour nous.

On entendait alors ses pas se rapprocher de notre chambre. Sa gueulante se trouvait en chemin un motif et parfois même un coupable qu'il prélevait par le col. Arraché au groupe, le piégé gueulait un peu plus que tous.

César se déchargeait plus loin d'une fureur assourdissante sur celui qu'il maintenait assis sur une chaise ou plaqué contre un mur. Droit dans les yeux, sourcils froncés, mordant de rage sa lèvre inférieure, César n'écoutait rien, retenant une main ouverte au-dessus du visage accusé dont la défiance se réduisait à l'indignation, à la peur et aux larmes. Pour être infondé, le problème restait insoluble. Ma mère, à distance, suivait la scène. Elle aimait l'idée d'une autorité en renfort plus ponctuelle et plus directe que la sienne. Coutumière des cris, elle ne s'alarmait que de leur interruption, s'interposant enfin, hurlant.

— Dégage !

Lançait-il alors au captif, qui sans attendre fuyait la pièce où fusaient des insultes et bientôt des objets.

*

Même si brutale, la violence de César ne fut envers nous ou envers notre mère jamais plus physique que cela. Seule la matière des choses en éclatait des heures durant. Nous ne fîmes jamais qu'en trembler.

Une fois la crise passée, il revenait à nous avec les surnoms affectueux qu'il avait pour chacun et un lot de sourires tendres. On se devait de ne pas lui en vouloir. Tout, à l'entendre, était la faute de notre pute de mère.

Lui nous élevait.

De nuit, l'odeur de shit, la techno et les voix assourdies se libéraient à chaque convive que César accueillait ou raccompagnait joyeusement jusque sur le palier.

Mon père quant à lui rentrait en nulle part. Bien après notre coucher, il s'effondrait tout habillé dans le canapé du séjour ou, là, sur une chaise.

Au matin, il allait au travail peu avant notre réveil. Nous ne le voyions que lorsqu'il était en retard, sur le point de partir.

Le soir, quand nous ne dormions pas encore, sa présence était à peine trahie par le grincement métallique de la porte d'entrée et peu après par les reproches en sourdine de notre mère, sans réponse.

Son retour ne devenait vraiment sonore que lorsque César ne recevait personne et qu'ils se croisaient tous deux sans s'ignorer. Crise d'insultes. L'un était un gros porc d'alcoolo ; l'autre un Arabe, un bougnoul. César, de plus en plus fort, tenait à entendre plusieurs fois l'insulte à laquelle il répondait par d'autres plus variées, puis par des menaces qu'ils se renvoyaient. À ce stade, les pleurs suppliants et de plus en plus déchirés de notre mère hurlaient entre les hurlements.

De part et d'autre, il était question de se tuer. Et, au milieu, dans le sanglot, question de nous. De nous qu'en secret la lueur des fentes basses de nos portes plaquait au sol, allongés côte à côte, tempes au parquet. Dans le noir, la petite mitraille de nos cœurs battait sourdement les lames où on entendait et sentait de tout nous-mêmes le grincement des pas, des appuis. On glissait une pupille chacun vers cette portion du sol du couloir animée seulement d'ombres confondues qui apparaissaient, disparaissaient, se mouvaient comme une seule dans la gueulante. Quand il ne claquait pas la porte de sa chambre, de ce claquement tant espéré, César, dont on entrevoyait brièvement les semelles battre le sol, claquait enfin celle de l'entrée dans un dernier crachat en écho de cage d'escalier. Nous regagnions alors nos lits comme nous les avions quittés.

J'ignore encore ce qu'il y avait de si urgent à se partager cette fente, son peu de visible. Un courant d'air dans la cornée, nous nous y tenions d'instinct en planque, aux aguets, disponibles à tout ce à quoi nous ne pouvions rien. Vigilants, nous étions peut-être à voir ces ombres moins seuls qu'à les entendre.

Voir s'opposait à pleurer.

*

Un soir seulement, les hurlements se muèrent en une supplication vitale telle que nous ouvrîmes la porte, courant dans le couloir jusqu'à l'entrée de la salle de bains où tous trois criaient.

Ma mère ne nous surprit pas dans son dos, regardant César maintenir de toute sa force la tête de notre père sur le rebord du lavabo où du sang coulait de son crâne, de ses dents, de son cri. Rien ne suit.

*

En vue de Noël, un bon mois à l'avance, la ville s'apprêtait. De même, s'amorçait chez nous, au relais de l'usuelle, une détresse spécifique. Comme ailleurs l'attente joyeuse, la détresse préparatoire était disproportionnellement plus longue que le moment effectif. Ce qui ne pouvait plus même être une joie était tout au plus un soulagement tardif étrangement agrémenté d'un arbre, d'un festin et de bougies. Émile, rituellement, pleurait pour le sapin et, au dernier moment, l'obtenait pour tous, au rabais. Notre mère sortait la boîte à guirlandes sous les insultes de César qui claquait la porte dans l'odeur de la bouffe à cuire.

*

Plutôt conciliants et calmes, nous n'étions rebelles que passivement et sur un point précis. Un refus tenace et unanime de ranger nos chambres — alors pas plus chaotiques que le reste de l'appartement, sorte de décharge. Pour y avoir toujours vécu, ce désordre n'en était d'ailleurs pas. Il nous était un milieu. Nous ne concevions ni le besoin ni l'urgence d'y remédier.

Néanmoins, notre mère était parfois prise d'une panique impérieuse. Le chaos soudain lui survenait. Après les ordres et les reproches, les menaces, en leur temps, prolongeaient l'exigence. Face à notre peu de réactivité, en surplus de hurlements, elle se mettait à pleurer, phase attendue et redoutée de la crise.

— Vous me tuez à petit feu !

Reprenant en rond le cours de nos jeux, nous luttions le plus longtemps possible contre cette empathie que nous avions pour elle et qui, précisément lorsqu'elle se taisait, finissait toujours par nous concerner, nous interrompre et faire autorité. Cet après-midi-là, alors que notre petit syndicat, fort d'avoir essuyé le gros des cris et des larmes, évoquait la possibilité de ranger un peu, on entendit crier dans le salon. Accourant, nous la découvrîmes depuis le couloir, debout sur une chaise devant la fenêtre ouverte.

— N'approchez pas, c'est trop tard !

Vous allez me faire tomber !

Nous avertit-elle, gorge serrée, grimaçant de détresse, nous dissuadant d'une main ouverte de faire un pas de plus vers elle. Il y avait dans ses yeux qui alternaient entre nous et le vide autant de tristesse que de reproche, et dans son pleur quelque chose qui semblait se nourrir des nôtres, hurlants.

À une jardinière de mourir, nous tournant une dernière fois le dos face au vide, elle mit un pied sur le bord, et ne sauta pas.

Un soir, notre père rentra titubant. Ma mère l'insulta. Il grommela. Rien d'anormal. Cependant, elle se montra cette fois-ci plus durablement en colère, d'une rage croissante, de moins en moins susceptible de retomber dans l'indifférence.

— Tu vas me tuer, et eux avec !
Si tu crèves pas avant !

Elle le conjura de se déshabiller afin de s'emparer des vêtements nauséabonds et de les mettre à laver. Du fond d'un état qui ne relevait plus tout à fait de la présence, il l'ignora.

Elle le poussa alors jusque dans la salle de bains où il eut, reculant sous la fureur, à se retrancher malgré lui. Il faillit tomber, gueulant lui aussi désormais moins de colère que de subir. Nous suivions.

— C'est ça, frappe-moi !
S'exclama-t-elle tandis qu'accablé et pris de court

par la situation, il n'y pensait pas plus qu'à rien. Alors qu'il l'insultait, elle ouvrit son manteau qu'elle jeta derrière elle, le poussa tout au fond du lieu sur le rebord de la baignoire où pour ne pas tomber il fut contraint de s'asseoir. Elle se mit à déboutonner son pantalon et à tirer d'un même coup son gilet et sa chemise. À peine fut-il nu dans la baignoire qu'au saisissement de la pomme de douche, elle aspergea d'un jet puissant son visage crispé.

— C'est froid, salope !

Essoufflé, se protégeant et l'écartant de l'avant-bras, il la fit reculer d'un pas dont elle revint tout de suite plus déterminée que jamais, munie d'un bidon d'eau de Javel pure qu'elle lui déversa sur le crâne. Se débattant à l'aveugle, il hurla d'en avoir plein les yeux, plein la bouche, haletant, crachant, grimaçant de douleur et de panique comme d'une douche d'acide.

Aux yeux de notre mère, Olivier n'avait pas de problème. Il était le problème.

De même, il n'était pas sale. Il était la saleté.

Elle ne le lavait pas. Elle l'éradiquait.

Ce chemin n'est qu'à l'aube. Aube, d'abord, de nous-mêmes, patraques, engourdis, alourdis de cartables, marchant machinalement du rêve au jour qui vient. Lueur générale.

N'être ni à la pluie ni au soleil imminent, pas même encore à la ville, mais qu'à l'air libre qui emprunte fraîchement les poumons comme on emprunte l'espace, suivant notre mère à trop vive allure, à l'aveugle, contemplant de même les rues connues du ciel changeant, rose par endroits, beau par moments, à envier les clochards pour leur sommeil et leur liberté, habitants du dehors qu'on parcourt et dont, bientôt, on nous prive.

Puis, de plus près, à ras des bancs, à leur odeur, à leurs gueules, à leurs spasmes, à leur absence de spasme, s'effrayer, compatir, reporter au passage l'enthousiasme sur les jardiniers, bien debout, plus sûrement vivants. Joyeux d'ailleurs, comme le chemin qui prend forme. Ils ont à l'entrée du parc, entourée d'arbres, une cabane en planque. Tout ce qu'il faut. Çà et là, sur le bord du chemin, ils s'affairent comme ils s'interrompent, pour pas grand-chose. Tous connaissent ma mère et son surnombre. Joie simple de se reconnaître, chaque matin, on se salue.

L'un d'eux, vers les glycines, est encore un peu plus joyeux de nous voir, comme de nous attendre. Plutôt jeune, aussi souriant qu'édenté, aussi bavard que bègue, un poing sur les côtes, un râteau ou une pelle pour prétexte et pour appui, son sourire et ses mots, même lacunaires, sont pour chacun.

— Hein les marmots ! Faut travailler à l'école.
Faut pas finir comme moi !

Articule-t-il péniblement, hilare, contagieux, marchant en parallèle sous le long tunnel de lianes et de grappes bleues qui en cette heure garde l'ombre de la nuit quittée. Au bout, il y aura de nouveau la rue, l'odeur renouvelée des croissants, puis, derrière les barrières où elle détient la journée, l'école.

*

L'école, au secret de hautes barres d'immeubles, blottie dans un détour, dans du calme, avait des airs de microcosme. Un petit bâtiment sommaire d'une extrême simplicité. Des rectangles de fenêtres au surplomb d'un rectangle de cour. Un bras d'un seul niveau longeant cette cour comme pour d'emblée contenir le lieu dans son coin.

C'était donc ça, le bastion de toute importance. Notre mère, noyée de bisous, nous laissait à ce recoin de ville où, à l'en croire, se jouait la vie. Recoin où aboutissaient en effet presque toutes nos aubes. Sentiment riche, ambivalent.

Rejoignant une sorte de solitude peuplée, mes frères et moi nous faisions alors un pénible principe de nous ignorer. Le temps de gagner la masse des autres et, là, derrière le bâtiment traversé, une cour plus vaste, quoique plus enclavée. Cour des grands. Sur les hauts murs, des silhouettes géantes et blanches dansaient sur fond bleu. Derrière, une usine désaffectée dont les verrières étaient criblées de trous. Les briques, solides, grasses, indifférentes. Quatre vieux arbres décharnés mais feuillus se disputaient le goudron.

Sous l'ampleur du futur jour, la foule finissait lentement d'épaissir. Cartables au dos ou au sol, joues fraîches, jambes battantes, d'incontrôlables électrons s'y pourchassaient déjà. Du brouhaha matinal débordaient les premiers aigus. Au chant minoritaire des oiseaux, la clarté imminente du ciel était signe de l'enfermement où, par classes, on nous appelait.

*

L'école est pleine des enseignements qu'elle ne dispense pas. J'ai vu les gamins les plus populaires être les plus cruels, les plus vains. De même, les institutrices les plus plébiscitées humilier les rares enfants que la vie humiliait déjà et accroître du fait même de cette cruauté une popularité qui sous le rire général se savait un règne.

J'ai vu – moquée et méprisée de ses collègues comme de la masse des écoliers – une institutrice névrosée, austère, exiger le meilleur et, au sacrifice de nombreuses récréations et de toute sympathie, l'obtenir.

J'ai souvent senti le regard appuyé et lointain du jugement se porter sur moi et sur cette différence qu'on m'inventait et qui s'appelait « pauvreté ». En réaction, je me rappelle avoir trouvé des qualités à des choses qui n'en avaient pas. Une vieille et bizarre chemise rose fluorescente que je n'aurais jamais choisi de porter mais que, de fait, je portais, fut par mes soins qualifiée de rare, puis d'unique. Les mots étant des perspectives, ce fut à tissu égal, non plus la différence, mais l'originalité que j'endossai.

Je n'eus ni peu ni beaucoup d'amis. J'étais aussi timide qu'extraverti. Il n'y avait dans cette confusion de tempérament pas matière à personnalité. Je fus en somme de ces enfants dociles et oubliables que le corps enseignant dit « sages mais rêveurs », faisant abusivement de la docilité une sagesse ; du rêve, un tort.

*

Le repas et le droit d'être là, indissociables, se payaient cher. Trente-cinq francs par enfant. Nous n'avions pas les moyens. Suite à plusieurs rendez-vous à l'issue desquels l'accès à la cantine nous avait été refusé, ma mère put seulement nous obtenir à titre exceptionnel un droit de déjeuner à l'école, mais à part. Question de principe. Ce droit, au risque de les tacher, ne s'étendait pas aux gros fauteuils du salon d'honneur de l'administration. Mais là, au milieu, à une table basse où nous mangions accroupis. Salon d'honneur.

Honneur, un mot pour plus tard. Pour le moment seulement lu à même la plaque, répété, entendu, comme absorbé, abstraction sonore, intrigue phonétique encore indemne de sens. Comme ma mère nous préparait généreusement le repas la veille pour le midi, nous étions sûrs de mieux manger que les autres. Nul besoin de se consoler. On se régalait de cette certitude, s'emparait du mieux, s'en goinfrait. Et bien que nous eussions préféré rester dans la norme avec nos amis, nous étions en marge heureux de nous retrouver.

De plus, outre l'aspect exceptionnel de notre situation, aventure bénigne, il y avait dans le salon un privilège plus concret que l'honneur : un grand aquarium.

De gracieux poissons exotiques suspendus dans leur silence. Pour unique inconvénient, nous étions tenus de commencer à déjeuner un peu après tout le monde et de finir un peu avant, au strict respect des horaires de fermeture des bureaux. Aucun camarade ni aucun éventuel visiteur ne devaient en effet nous surprendre là. Notre invisibilité était la condition première au maintien de notre clandestinité. La dame du secrétariat qui chaque jour ne nous souhaitait pas bon appétit et disparaissait dans son bureau, nous y surveillait derrière la vitre striée d'un store. Il ne fallait pas qu'elle nous entende. Nous la craignions, invisible mais présente, comme une superstition. Quand nos rires débordaient le chuchotement, nous nous rappelions au calme.

À un couloir de là, nous entendions alors le vacarme étouffé de tous les autres. Il fallait enfin, à l'horloge, veiller nous-mêmes à ne pas excéder le temps qui nous était imparti. Nous nous faisions un jeu de surveiller l'aiguille et, le moment venu, nous affairions à remballer nos couverts, essuyions la table, récoltions les miettes, y disposions les magazines comme ils l'étaient avant nous. Manière d'organiser notre inexistence. Et de partir vers notre second privilège, sous le préau, où nous avions chaque jour après manger, à cette heure précise, consigne et droit de rester. Droit de s'asseoir. Il ne fallait pas courir. Surtout pas se blesser. Question d'assurance. Nouvelle abstraction de toute cette infinité d'autres qu'on appelle *langage*. Plus subtilement encore, l'école aimait que nous soyons sages mais pas que nous soyons vus.

Quelques semaines plus tard, jugée susceptible d'alarmer un même visiteur éventuel, notre présence finit encore par déranger. On fut donc au regret de nous déplacer, nous et notre repas, sous le préau. Enfin, comme l'intérieur du lieu, derrière une porte vitrée, s'offrait toujours trop aux regards arrivants, nous fûmes après quelques semaines repoussés dans la cour. Il restait de la marge. Et désormais, un surveillant juste pour nous, juste pour manger. Lui non plus ne comprenait pas. À un certain point, la marge seule comprend et aligne. Au soleil, sur un banc, à repenser la situation, celui qui nous était un nouveau camarade en plus grand s'esclaffa avec nous. Il n'avait manqué qu'un rire à cette grâce qu'on nous faisait.

*

De toutes les salles de classe, une différait dès l'abord, dès la teinte. Sous des abat-jour aux lueurs chaudes, des lampes disparates complétaient la lumière des néons et le plus souvent s'y substituaient. Les tables y étaient comme dérangées, ou libres. Le bureau de l'instituteur en était. Le désordre rendait d'emblée l'espace exigu et hospitalier.

Une zone de la pièce tenait salon. Des bandes dessinées qui débordaient une ronde de meubles égayaient l'intimité du recoin, son exception.

Couverts de strates de papiers peinturlurés, tous les murs étaient comme refoulés, niés. Laissé de côté, seul l'ample tableau noir y faisait place nette, au surplomb d'une estrade qui avait de faux airs de scène vacante.

Entre autres savoirs élémentaires, s'improvisaient des interludes où il n'était plus question que d'ouvrir ou de fermer les yeux, de voir ou d'écouter, et de s'ouvrir. L'art n'était pas qu'aux murs mais au cœur de cette pièce comme à celui de l'homme — jeune, à y repenser — qui en était l'hôte et l'âme. Fantasque authentique, propret, à l'élégance svelte, parfumée. Fantasque comme on l'est à bouillir, à trépigner, à s'émouvoir, il s'exclamait, s'emportait et, du tableau au bureau, ne tenait pas en place. Si sa classe était un monde, ce monde ne se connaissait pas de périmètre. Quand il ne nous emmenait pas dans ses récits tout agrémentés de mimes, de bruitages et de blagues, il nous emmenait loin dans la ville, aux grands musées et, là, face aux tableaux qui le bouleversaient. C'est ça qu'il partageait, du bouleversement.

Comme il ne pouvait rien nous apprendre sans nous le faire vivre, il nous présentait les corps d'instruments, nous emmenant d'urgence les voir, les toucher dans le fond d'une boutique qui était saturée de tout ce bois laqué et sonore qu'on nous expliquait par les gestes, par le souffle et par l'oreille.

De même, on alla dans des fabriques de dessins animés voir depuis le trait jusqu'aux ombres, aux couleurs, les personnages naître et bouger. Émerveillement. Par sa voix, ses gestes, faisant cours, il faisait surtout plaisir et autorité. Ensorcelé qu'il était par l'enseignement au gré duquel tout s'euphorisait, se passionnait, retentissait en rire ou en silence, son engagement ne se prenait pas à la légère. Chacun y était poussé, encouragé, tenu. Cette fête sensible avait son exigence, son égard.

*

En fin d'après-midi, les cours se terminaient. Il existait alors, pour les enfants qui avaient à attendre leurs parents jusqu'au soir, une option appelée *l'étude*. Option payante qui conséquemment n'existait pas pour nous.

Tandis que la majorité de nos camarades rentrait chez eux et qu'une minorité se rendait donc à un couloir de là, à l'étude, notre attente débutait à deux pas du salon d'honneur. Zone aux abords de laquelle notre fratrie était momentanément rattrapée par un sentiment spécial, latence bâtarde où nous n'étions pas souhaités, mais tolérés.

L'étude s'achevant, les derniers parents cherchaient ensuite les derniers enfants. Tous partaient, un à un. Sauf nous, promis à un étrange phénomène ; prodige passif.

Ainsi nous muions-nous en désagréments. Nul besoin pour cela d'être coupables ou fautifs. Il suffit d'être ; d'être là, sagement, seuls dans l'entrée auprès d'une dame tout en tablier et en fureur. Étant la gardienne, elle habitait l'école. Après le départ de tous, on se trouvait, pour ainsi dire, « chez elle ». Notre présence lui était une effraction. Entre ses lèvres, dans sa langue, on se sentait maudits.

Au déclin du jour, après une éternité à fixer le portail, puis à ne plus le fixer, notre père soudain nous apparaissait, crachant, titubant, inespéré. La dame ayant dépensé toute sa remontrance sur des innocents n'en adressait pas au coupable. La personne d'Olivier n'était pas de celles à qui on s'adresse. On fermait l'école derrière nous.

*

Ce retard systématique était salutaire en ceci que nos camarades et instituteurs ne croisaient jamais ce père dont nous avions honte comme d'une tare. Lui qui n'avait aucun regard pour nous, n'en avait pas non plus sur lui-même. Suant, s'étouffant, projetant de ses poumons aux trottoirs des glaires sonores, il était parmi la foule passante tout entier absorbé par l'insurmontable effort de marcher. Notre mère lui ayant donné pour consigne de tenir la main aux plus petits, Émile et moi étions empoignés par ces grosses mains moites qui broyaient les nôtres. Nous pouvions toujours nous en plaindre, ces mains étaient dans l'effort incapables de moins de force, comme sa bouche serrée, incapable de mots, ou alors seulement d'insultes inarticulées.

Dans le battement nauséabond d'un pantalon taché de vin rouge et beige de crasse, nous allions à son rythme, lourd, pénible et étions de son odeur.

À mi-chemin, il lâchait ma main et nous invitait d'un geste à rentrer seuls. Lui gardait Émile et l'emmenait où il s'était interrompu. Au bistrot.

NOTRE PÈRE ÉTAIT TENU À UN RÔLE, une fois par an. Ma mère l'y conditionnait quelques jours à l'avance. Il s'agissait de ne pas nous priver de vacances, nous qui, lui rappelait-elle, pâtissions déjà assez de lui. Nous ne disposions que d'une dizaine de jours ailleurs et que de lui pour nous amener. La route était longue. Il fallait donc dès la veille ne pas boire.

Chaque fois, il s'y tenait. On nous extrayait du sommeil dans une section du temps qui n'est ni tout à fait le jour ni tout à fait la nuit et à laquelle nous n'appartenions pas. Matière de frisson, toute pesanteur aux paupières. On mettait dans nos mains et sur nos épaules le plus d'objets possible. Notre père et notre mère avaient déjà rempli la voiture garée en bas et dans laquelle nos petits corps en transfert s'alignaient d'eux-mêmes parmi l'encombrement total des bagages et objets. Coffre et portières claquaient.

Toutes ceintures bouclées, à peine avions-nous le temps de voir l'irréelle collaboration d'une mère et d'un père portant à l'avant leurs yeux et leurs doigts sur la même portion de carte, suivant les veinules du trajet, que la joie était prise des tremblements de l'habitacle, de mouvement, de paysage, de sommeil.

*

À une éternité de là, on se réveillait, trépidants. Sous le plein jour survenu, une campagne plane striée de fossés, de canaux étroits, jonchée d'étangs et où s'espaçaient de rares petites maisons. De toutes parts, l'horizon. Dans le mouvement, peu d'arbres, peu de voitures. Puis une longue route rythmée de platanes dont de nombreux ornés de bouquets de fleurs. Route marquante. Pas seulement du fait des morts évoqués, en leur temps, mais la dernière avant qu'entrepôts, ronds-points, parkings et supermarchés réduisent la campagne aux terre-pleins et débouchent en dizaines de petites maisons plus rapprochées, plus nombreuses, sur celle, imminente, de notre destination. S'exclamant et guettant par toutes les vitres ouvertes, on se faisait à chaque tournant un jeu de l'anticiper. L'air d'ici, reconnu de nos narines, de nos poumons, battait nos cheveux. Du vaste à respirer. Puis la voiture ralentissait et s'éteignait devant la petite maison blanche de notre souvenir, longue et rase, alignée derrière un muret à l'avenue qui ne finissait pas.

Être se faisait ici plus infiniment qu'ailleurs. Odeur ample. Bouffée de lieu. Puis dès le garage par où on rentrait dans un grincement, odeur unique, précise, confinée, qui contenant d'emblée l'espace, n'était que confirmée par lui, en détail. Outils cloués au-dessus de l'établi, grand filet de cordes suspendu aux charpentes de la mezzanine au-dessus de la vieille voiture captive et enfin, à côté des portes encore fermées qui menaient au jardin et à la cuisine, le bac, lavabo profond dont la faïence nous avait contenus tout entiers, nous contiendrait encore.

L'odeur de la cuisine, du salon. Il y avait dans chaque petite pièce qui s'ouvrait d'une poussée de volets, une pièce connue à inspirer. Le lieu s'accomplissait. Un souvenir ouvert de l'intérieur, pris de jour, de partout, de liesse.

Au centre, la même cheminée massive sur le rebord de laquelle des petites reliques tenaient leur place. Odeurs de suie, de toile cirée, de vieux bois vernis, de renfermé. Tout était ici plus vrai encore en nos narines, sous nos pieds, sous nos yeux. La grande table, le vaisselier en bois sombre, le conciliabule muet des fauteuils interdits sur le rond d'un tapis autour d'une petite table de même forme. Et la pendule, coffre en bois plus haut qu'une personne, où au-dessus d'une lame de cuivre en balancement s'égrainait chaque seconde des heures abstraites en chiffres romains dont sonnait lourdement le gong. Chaque lampe, dans son recoin. Peu de choses, en somme. Chaque chose bien à part en l'espace.

Et ces tomettes bordeaux, lisses, qui gardaient le souvenir chaud des rectangles mouvants du jour et de nous à plat ventre devant la porte grande ouverte sur le jardin de sable. On y jouerait entre l'odeur du grand pin collant, de la lavande et celle des murs éblouis de soleil. La même chambre nous logerait tous quatre. César prenait la sienne à l'écart. Enfin, notre mère et notre père, la leur.

Ce lieu était déjà comme toujours.

*

Alors que mon père était resté se reposer à la maison et que César avait rejoint quelque part dans la ville un monde de son âge connu de lui seul, nous suivions ma mère sur l'avenue qui n'a pas plus de fin que le vent qui en vient. Vent auquel on opposait nos pas et nos corps quasi nus équipés de claquettes, de seaux, et écharpés de longues serviettes battantes. Au décompte des maisons voisines, on s'esclaffait de tout retrouver. Au bout, l'infini, son large reflux en contrebas, le soleil libre de toutes parts, scintillant au loin, aux yeux. On descendait, pieds enfoncés dans le sable brûlant et courant déjà en parallèle, en rafales, haletant, hurlant, jusqu'où ici cède place à l'ampleur. Clapotis de nous tous, propulsés à l'horizon. Sable changeant, collant, frais, premières flaques de ciel et caresses rases de l'eau fraîche. Jusqu'aux genoux, aux hanches, à corps entiers. S'éclater contre une température, une pesanteur éclaboussée assourdie d'écume. Perdre et retrouver l'air. Se regarder entre-temps rire et disparaître. Hurler et surgir, essoufflés en suspens. Ne pas y croire. Ne plus s'appartenir. Respirer en surface. Se débattre au ralenti, porté par l'immense.

Fermer les yeux et, sans plus de poids, laisser de son corps au vague la notion flottante.

*

De retour, séchés et terrassés par le soleil, une oreille au sable sourd, l'autre au brouhaha diffus de l'espèce qui autour pullulait en peuple, en silhouettes, en parasols. Et sous la lumière encore éblouie des paupières, les voix familières, voix distantes, cris de mouettes, ressac. Puis, soudain, Olivier. De nulle part. Inespéré. Célébré d'instinct par nous, sautillants. Ma mère, rouge de honte. Rouge de lui, si vêtu, suant à grosses gouttes, suffoquant d'épaisses chaussures de cuir à demi ensablées, de son pantalon de costume crasseux et d'un long anorak noir que l'énorme volume de son ventre ouvrait sur un gilet de laine. Ma mère n'est vulnérable qu'humiliée. Sentiment qui hors des murs l'obligeait à étouffer sa panique, sa plainte, sa hargne.

— Tu es complètement cinglé !

Par un temps pareil…

S'exclama-t-elle, autant qu'on le peut à voix basse, gorge serrée, rongée par le regard du monde, tandis que lui grommelait distraitement des insultes. Insistant, elle obtint qu'il renonçât au manteau qu'il laissa donc tomber au sol et sur lequel il s'assit lourdement parmi nous.

Le soleil qui nous enveloppait l'agressait. Sa présence ici avait pour effet de souligner cette incompatibilité avec laquelle se confondait son être, et qui ne souffrait d'aucun contexte. Comme l'insistance de ma mère tourna au harcèlement, ce fut pour la fuir qu'il daigna se déchausser, se déshabiller et immerger parmi nous, hilares de bonheur, ce gros corps blanc, trapu et velu. Nos rires moqueurs furent dans l'air iodé rattrapés et absous par la joie.

Il m'arriva même de m'asseoir entre deux de mes frères sur le large dos d'un père qui pour une minute, poings enfoncés dans le sable chaud, consentit être.

*

Dans l'odeur du dîner que ma mère préparait et qui débordait de la cuisine dans le garage, une jeune femme fut là, comme tout était là, comme depuis toujours. Inclinée de son regard clair sur le bac profond où nous nous étions pour une fois réunis sans trop protester, dispensant l'eau qui nous libérait du sable que nos peaux déjà bronzées avaient alors admis comme strate, elle était la douceur qui manquait à nos jeux. Un visage ovale aux grands yeux verts d'où de longs cheveux d'un châtain parcouru de blond tombaient suaves. Quand elle nous arrosait, elle s'émerveillait de déclencher ces frissons et ce puissant rire multiple qui résonnait et contractait jusqu'à la douleur nos petits ventres toniques. De même que ce qui l'émouvait faisait seulement rougir ses joues déjà roses, son expression n'était jamais qu'une imperceptible fluctuation de ce léger sourire qu'elle avait pour nous. Elle était calme. Des cheveux de l'un aux cheveux de l'autre, à la mousse du shampoing qu'elle sculptait en coiffes pour prolonger notre hilarité, son calme avait de la méthode et du soin. Elle était grande, presque adulte, et d'un âge qu'on ne connaissait pas aux femmes : en âge de jouer. Ou du moins, de s'amuser de nos jeux.

Devant le regret que nous eûmes enfin à renoncer à nos extravagances de mousse, elle essora nos cheveux de façon à les réunir en un long pic central qui fit sur chacune de nos têtes une antenne bien droite. On s'esclaffa aux larmes de se regarder, transfigurés, à rire encore, mieux qu'en miroir.

Au sortir du bac, nos pieds laissaient des empreintes instantanées sur le ciment brut où, par paires, dans d'amples serviettes, elle nous réunissait.

César, à défaut de mérite, avait selon ma mère beaucoup de chance d'avoir trouvé Lætitia. Elle serait l'unique qualité qu'elle lui reconnaîtrait.

Il était bien tombé.

*

L'océan au fond du vent. Pour jardin, un enclos de sable entre les maisons attenantes. Quand les quelques arbres se débattaient au calme comme à s'en alarmer, il fallait peu de temps pour que le sable tacheté de gouttes invisibles fonce avec le jour. Les légères boules résineuses qui tombaient du pin roulaient alors distraitement dans les reliefs humectés. Résine, sable, lavande, autant d'odeurs qui dans l'air salé s'annulaient en l'odeur unique qu'exaltait soudain la bruine. Les escargots qui laissaient au sable tant de débris de coquilles en trouvaient d'intactes pour l'occasion, se hissant par dizaines aux parois humides. Il fallait rentrer, fermer les fenêtres. En provenance de la cheminée, la suie s'exhalait de feux antérieurs ou à venir. L'odeur du chocolat chaud venait comme un climat de refuge, une buée. On reprenait notre imagination à l'abri du réel rafraîchi qui, à la fuite des nuages, ruisselait aux carreaux.

À LA RENTRÉE DES CLASSES, notre mère n'admit plus de nous savoir déjeuner dans la cour de l'école en parias. Or, habitant trop loin, il nous était impossible de rentrer pour midi et de revenir à temps pour la reprise des cours. Une solution néanmoins lui apparut. Quitte à ce que nous mangions dehors, nous mangerions dorénavant avec elle.

Ainsi nous rejoignit-elle devant l'école chaque midi, chargée d'une glacière pleine à craquer. Il existait à deux pas de là, imbriqué dans les immeubles alentour, un petit square propice où notre pique-nique quotidien, par tous les temps, en toute saison, prit ses quartiers. Il suffit que notre mère s'y joigne pour que le rejet devînt un privilège, une respiration. Le lieu lui-même n'en revenait pas : il n'est en semaine, aux heures creuses, rien de plus inhabituel à un parc pour enfants que des enfants.

Généralement, à l'exception de quelques clochards, il n'y avait personne et, dans l'enclave que formaient les hauts immeubles, rien d'autre qu'un silence troublant, presque fictif, où le moindre de nos rires résonnait.

Après manger, nous fendions la masse affolée des pigeons pour jouir à volonté de tous les jeux du bac à sable. Nos jours en furent transfigurés. Meilleurs.

Notre père ne pouvant plus même s'y tenir, notre mère vint tous les soirs nous chercher à la sortie de l'école.

La fréquence de ses passages dans le parc qui se trouvait sur le chemin l'avait rendue familière de tous les jardiniers. Ma mère ne se croise pas inconséquemment. La croiser c'est la fréquenter. Il était entre les travailleurs et elle question de nous et de fleurs. Ces deux sujets lui étaient inépuisables. Par politesse, les jardiniers demandaient de nos nouvelles. Par goût, elle s'enquerrait des boutures, des arbustes et des futurs parterres.

Il était, parmi ces jardiniers, un plus loquace avec qui elle pouvait, mieux encore que parler, converser. Homme enthousiaste, plutôt jeune, aussi bègue qu'affable. S'interrompant, le chemin se dilatait alors dans le soir tombant. Nous, courant autour d'eux, dans le parc, vaquant avidement à tout ce que l'enfance substitue à l'attente. Aventures infinies.

Infinies, du moins, autant que l'était la parole de notre mère.

De soir en soir, le ressac de leur conversation finit par faire émerger un sujet que le jardinier avait un jour eu le malheur d'évoquer et auquel ma mère, depuis, revenait toujours. Il s'agissait d'un concours municipal pour l'accession à un grade de jardinier mieux rémunéré. Examen théorique, ambition flottante que le travailleur, intimidé par l'idée même d'écrire, osait à peine envisager.

Or, il y avait au bout du chemin, à la table du salon, de la place pour tout le monde. Un soin enveloppant. Et bientôt assis parmi nous, le sympathique jardinier du chemin de l'école aux dents absentes ou noires. Orphelin, bègue, ivrogne.

Elle ouvrit devant lui un cahier vierge où il lui revint d'écrire le nom latin des fleurs. Sous l'influence de ce qui semblait être de l'amour, ses solides doigts de travailleur, fébriles à tenir un stylo, en tinrent.

Thierry fut vite moins ivrogne, moins bègue, moins orphelin.

*

Quand il n'était pas en vert, en tenue de jardinier, Thierry était — comme il aimait à le dire — « au civil ».

Sous une veste en jean dont toutes les poches crevaient de trop-plein et d'usure, les vieux tee-shirts publicitaires mités qu'il portait sans jamais n'en avoir considéré que la gratuité perdaient motifs et couleurs jusqu'à épuisement des fibres. Au-dessous, la bedaine qu'il nommait affectueusement sa « brioche » était d'une rondeur contenue. Sous une banane elle aussi pleine à craquer, un mousqueton saturé de dizaines de clefs pendait sur sa cuisse. La ceinture surtendue qui lui enserrait les hanches retenait plus le poids de ce trousseau que celui du pantalon. Le mousqueton était à l'entendre capable de soutenir à lui seul plusieurs tonnes. Cette idée le laissait une seconde rêveur, songeant peut-être à porter toutes les clefs du monde.

Après le travail, les brodequins – imposantes chaussures de sécurité en cuir armé – étaient remplacés par de vieilles baskets non moins volumineuses qui conféraient de loin à son aspect une première disproportion. Heureusement, il n'y avait pas que les panards et le pif qu'il avait de long, précisait-il, hilare. Il est vrai – quoique ce ne fût pas là l'objet de son rire – que ses bras aussi étaient longs quant à sa silhouette. Et cette disproportion-là s'accentuait depuis des épaules toniques, en passant par des biceps musculeux mais secs, à des avant-bras velus monstrueux de dureté, de volume et de force ; jusque, enfin, à d'énormes mains dûment renommées « paluches » où des doigts épais se ponctuaient chacun d'une paillette d'ongle dont, même à bien frotter, la terre ne partait jamais tout à fait. C'est bien – jusqu'aux extrémités de son être — à la terre qu'il devait sa vie, ce corps et ses blessures.

Entre autres entailles cicatrisées, il s'était fracturé de multiples os en tombant d'un ravin raide comme un mur. Sa clavicule à chaque mouvement lui rappelait cette chute d'il y avait longtemps et au souvenir de laquelle il grimaçait encore.

La distorsion perpétuelle de sa face semblait cependant surtout éprouver la vie au présent comme à s'éblouir. Son visage était constamment sujet à une contraction qui lui creusait des rides précoces et révélait à l'occasion, sous des gencives apparentes, une denture noirâtre et lacunaire. Si sa grimace n'avait pas d'âge, sa présence, elle, exhalait quelque chose de fervent, de brut et de pur, comme de l'enfance. Sous une chevelure brune presque bouclée, sa tête se tenait toujours un peu au recul de son corps, le menton enfoui dans un long cou où tressautait une pomme d'Adam proéminente. Du fait d'un dos creux, tout l'abdomen était bombé vers l'avant. Ce ploiement de sa silhouette évoquait la gorge tonique d'un oiseau. Impression accentuée par cette habitude qu'il avait de s'empoigner le bas des côtes. À leur repli dans l'air, ces bras musclés étaient une façon d'ailes.

Y couraient, sous des poils bruns, de grosses veines qui, au cou, se réunissaient en une seule artère palpitante où débouchait le flux violent de ses émotions. Ses yeux, en dernier lieu, se troublaient d'un rien.

*

Thierry n'aimait ni écrire ni les fleurs. Les fleurs lui rappelaient le turbin. Ce qu'il aimait dans les jardins, c'était être dehors.

Une nuit, au-dessus de mon lit, chuchotant dans mon oreille pour ne réveiller que moi, il m'invita à le suivre. L'air, dehors, avait gardé la fraîcheur de la saison passée. Au rythme du lourd trousseau de clefs qui à chaque pas battait sa cuisse, nous cheminâmes à vive allure dans la lumière jaune des lampadaires et, parmi les immeubles éteints, sous la lune. Alors que nous marchions tous deux, muets de fatigue, nos pas s'arrêtèrent après quelques rues désertes dans la vapeur de nos respirations, devant une grille. Ouvrant d'une main le mousqueton et isolant au toucher une clef précise, il ouvrit une serrure, puis une autre. Une lourde porte en ferraille révéla dans un grincement un étrange véhicule. Une sorte de remorque à trois roues et à deux places qui vrombit avec nous de tout son moteur odorant.

Mon mutisme se changea en une liesse simultanément nourrie et dépassée par le brusque défilé du réel derrière la vitre tremblante. Depuis le vacarme de notre cabine, la ville dépeuplée était tout entière teinte de ce curieux calme qu'on ne pouvait que lui deviner et où s'arrêta soudain le moteur.

Au claquement des portières, je sautai à pieds joints dans le sable d'un parc qui nous appartenait, ainsi que le monde. D'un coup, les lampadaires alentour s'éteignirent d'un peu de jour présumé. Thierry sortit de la remorque deux immenses râteaux, dont un pour moi. À la verticale, le manche de l'objet me dépassait. Me voyant intimidé, il le porta avec le sien sur son épaule jusqu'au grand bac à sable où il me montra l'exemple. Il s'agissait de tirer à reculons le râteau et sa large denture métallique dans le sable, qui s'en voyait strié et aplani. Les dents de l'objet effaçaient sur son passage toute empreinte, dont les nôtres. Tirant de tout mon corps enthousiaste, je m'exécutai. Tandis que je parcourais péniblement chaque mètre, lui, rieur, ratissait d'un bout à l'autre l'espace à grandes enjambées. Seul le surplus de grimace qui distordait son visage attestait d'un peu d'effort. Des objets à demi ensablés butèrent plusieurs fois sur nos râteaux. Chacun soulevait en moi la joie d'une surprise. Quand un objet m'arrivait, j'avais pour instruction de ne rien toucher. Alors il accourait et dans la pénombre finissante de l'aube, nous le découvrions ensemble. Il faisait à voir le mien cet effort d'émerveillement dont on prolonge celui des enfants, et qui n'est jamais tout à fait feint. Sa routine en souriait.

Quand quelque chose se trouvait sur son passage, il le prenait et me le montrait comme une nouvelle part de ce butin dont, de parc en parc, nous remplirions un sac. Des râteaux, miniatures des nôtres, des pelles, des seaux, des figurines... S'ils n'étaient pas réclamés dans la journée, les jouets de mon choix me reviendraient.

Il y eut aussi, par dizaines, des mégots, des canettes de bière, des bouteilles de vodka et l'événement d'un préservatif usagé dont Thierry s'insurgea en mots obscènes. Je me le rappelle gueulant et brandissant au bout d'une longue pince la mue visqueuse d'une mystérieuse espèce nocturne. La découverte d'une seringue, peu après, prolongea sa colère et ses insultes. Thierry, qui ne parlait couramment qu'un argot paysan, avait dans le domaine un lexique intarissable.

Quand nous eûmes fini, le jour s'était levé sur nous. Les nuages s'étaient désempourprés. Le ciel et la ville s'étaient ensoleillés d'ordinaire. Ne restaient rien dans tous ces parcs refermés derrière nous que les rainures de nos passages. Et sur les bancs où on les avait réveillés, quelques dormeurs de sa connaissance à qui il avait fièrement présenté un fils.

THIERRY NOUS AIMA TOUT DE SUITE d'un amour entier, indivisible. Lui qui n'avait pas eu de famille, nous vécut comme un miracle. Toute caduque fût-elle, notre famille dans ses yeux était aimable, unie et belle. Sous l'effet de ce regard – et ce fut là le miracle – elle le devint.

Notre mère, d'abord, en fut transfigurée. Elle que nous ne connaissions qu'en pulls amples et, l'hiver, en doudoune, fut atteinte d'une soudaine coquetterie où entrèrent de la joie, de la couleur. À plus de quarante ans, elle se fit percer les oreilles et s'offrit un vélo dont elle se servit tous les jours moins par besoin que par plaisir.

Ce qui de rigide régissait notre chaos sauta par ailleurs. La télévision à laquelle nous n'avions droit que rarement et qu'à des heures bien précises fut laissée en libre accès. Hors des horaires d'école, le temps s'assouplit beaucoup. Tous les repas s'improvisèrent désormais. Les plats variés qu'elle nous avait toujours préparés furent remplacés par une alternance de pizzas et de hamburgers surgelés, le tout agrémenté de sodas, de chips, de biscuits et gâteaux tout faits. Le palais des enfants étant ingrat et influençable, il y eut là comme un progrès. Cette forme d'opulence nous était, jusqu'à l'écœurement, une grande fête ; cette fête, une nouvelle ère.

Un sombre détail, cependant, demeurait. Olivier dormait toutes les nuits dans le salon quand Thierry intégra notre vie et avec elle la chambre à coucher de notre mère. Quand ils se croisaient, les deux hommes ne se gênaient toutefois pas et avaient même à l'occasion des échanges plutôt cordiaux. Aucun d'eux n'était attaché aux usages et aux statuts. À la faveur d'une indifférence mutuelle, ce n'est donc ni en concubin ni en amant qu'ils se voyaient. Ils se frôlaient pacifiquement. Mon père, il est vrai, avait atteint d'année en année un degré de perdition qui ne lui permettait plus de penser. Il dérivait bien trop au large de la vie pour encore s'en soucier. L'habitude, comme une marée, charriait son corps d'homme noyé et l'échouait chaque nuit dans le salon pour, au petit matin, l'y reprendre.

Ainsi se réveillait-il, ahuri, tout habillé, pour machinalement repartir au travail, puant, patraque, moribond. Le col d'un polo dépassait en toute saison l'épais pull de laine qui contenait mal son ventre. Son immuable pantalon de costume beige taché de gras et de vin rouge tombait si bas à ses pieds qu'il se délitait aux talons et laissait traîner au sol de sombres franges encrassées que les semelles limées de ses chaussures en cuir écrasaient. Autour de la zone nue de son crâne, parmi une chevelure brune qui devait ses boucles à la crasse, entrait désormais un peu de gris.

Parallèlement, Thierry et notre mère, consommant leur renouveau, s'épanouissaient. Cet épanouissement était un partage. En plus de notre chat, plusieurs boules de poils s'y invitèrent. Une chatte de gouttière que la nouvelle clémence de notre mère accepta à bras ouverts, et une petite chienne borgne aux longs poils gras d'une teinte indéterminée que Thierry avait trouvée accrochée un matin à un arbre du jardin. Il y eut aussi un hamster et un lapin.

La vieille voiture couverte de fiente qui ne bougeait que pour nous amener une fois par an à la mer nous porta dès lors très souvent un peu partout.

Notre joyeuse troupe de frères et d'amis fut pourvue de roues et littéralement jetée dans le mouvement. Thierry, en effet, conduisait comme il vivait : crûment. Cette voiture pleine de nous, de vivres et de liesse passait toujours aux feux rougissants et ne semblait savoir avancer que par à-coups ou à toute vitesse, frôlant l'impact.

— Va te faire foutre ! Sec, sans vaseline !

Lançait-il à gorge déployée et à tout bout de champ, y ajoutant le geste à l'abandon du volant qu'il reprenait in extremis dans un sursaut vital de panique.

— Encore une grognasse au volant !

Pas longtemps inquiets, nous étions friands du danger ainsi même que de cette grossièreté bègue qui bien souvent tournait à l'obscène. Nous aimions ces escapades comme nous aimions Thierry. Aussi, sa fureur était toujours suivie de rires assourdissants. Dans le mouvement, notre hilarité, immanquablement, le gagnait. Nous riions de lui avec lui. Jusqu'au prochain tournant.

Aux aguets, seule notre mère subissait le péril, retenant son souffle jusqu'à l'expiration du moteur.

*

Inhabituel, d'abord, comme une maison. Ensuite, comme une grande maison perchée, coquette, cerclée d'arbres et de fleurs. À l'intérieur tout est propre et neuf. Ça sent ça, à plein nez. Des pièces énormes aux murs colorés, baignées de toutes parts par la lumière verdoyante de la forêt. On habite ici de l'espace en couleurs.

Partout, des fauteuils, des canapés, de quoi s'effondrer dans de la mollesse, de la douceur. En haut de marches blanches, un étage pour les enfants. Un palier grand comme une chambre. Des chambres plus grandes que le palier. Des pièces en trop, laissées à vivre, à tout le monde. Ordinateurs, télés, salles de bains, toilettes, tout est plusieurs. En plus des larges fenêtres en bois qui donnent sur les arbres ou sur l'horizon, des rectangles obliques de ciel se découpent dans la toiture.

Nos corps, à bout de souffle, ne savent que faire de tant de lumière et d'espace. Alors, on glisse, légers, en chaussettes sur la douceur lisse du parquet que, çà et là, d'épais tapis calfeutrent dans une odeur de lessive. Le temps est compté. Il faudra rentrer tout à l'heure. La nuit tombée, tout s'illumine de dizaines de lampes. Le jardin, de lanternes et de guirlandes. On s'euphorise de cet idéal, s'en imprègne. Comme de la vision de cette famille. Un autre milieu. Chacun est cerné de tendresse, de respect et d'amour. Il y en a en trop aussi, de ça. Pour nous, pour quiconque. À l'infini.

On rentre repus, considérés, couverts d'amusement, d'affection, étourdis. La félicité existe. On en revient.

*

Dans notre voiture qui redémarre, on repense. Comme la nôtre, cette famille n'est pas composée d'individus. Ils sont eux, mais comme un tout. On aime bien chacun, chacun nous aime. Et personne ne se détache de ce sentiment.

Il y a bien la tante qui veille et embrasse, l'oncle qui sourit et blague, le grand cousin qui nous est drôle et audacieux, la cousine aussi rieuse que sage, et le petit cousin, intrépide. Les êtres sont aussi succincts que ça. Tous s'aiment évidemment, et fort. Et ça s'arrête là.

À cet âge, on ne connaît encore personne, moins encore soi-même. On se fréquente dans l'instant, à même.

*

La voiture poursuivant sa route déversait notre liesse dans les forêts, les campagnes, au pourtour d'un monde élargi. Journées entières sous le ciel à courir, à s'inventer. Thierry, courant derrière nous, avec nous, était ivre de la même joie que nous, tordu du même rire, vif d'une enfance inespérée, vécue à rebours. Ensemble.

L'été, il remplaçait Olivier jusqu'à la mer. Cet endroit qui était et avait toujours été comme épargné, miraculé, devint miraculeux. Si l'horizon ne pouvait être plus vaste, la côte le fut. En voiture, à vélo, à pied, ce monde parfait que nous croyions composé d'une maison, d'une avenue et d'une plage, s'ouvrit à une île, à d'autres plages, à d'autres villes, d'autres ports...

Quand, déjà, il nous fallait rentrer à Paris, nos cœurs pincés par un dernier coup d'œil à la mer n'étaient pas lourds. Depuis Thierry, l'infini avait de la ressource. Quittant la mer, on ne quittait plus le bonheur.

Ma mère ne supportait pas la peine de Thierry, ni l'injustice. Déterminée à éclaircir le mystère, elle interrogeait, écoutait.

Thierry, alors, se rappelait.

Une pluie battante. Une portière qui claque. Le cuir de la banquette d'une voiture-taxi. La vitre ruisselle en cascade en même temps que ses larmes. La voiture démarre, l'arrache à lui-même ou, peut-être, à quelqu'un.

De nombreux souvenirs d'enfance parfaitement chronologiques suivaient, mais il n'y en avait pas derrière cette vitre dont ma mère n'admettait ni l'imperméabilité ni le trouble. Elle voulait qu'il revît ce qu'il y avait avant, dans ces huit ans de vie préalable où il avait peut-être aimé et été aimé, sûrement autant qu'il avait pleuré. Peut-être l'avait-on enlevé de force à quelqu'un. Il fallait préciser cet événement, lui trouver un lieu, une antériorité, un pendant d'espoir, peut-être même quelqu'un de vivant.

Or, l'assistance publique indiqua à ma mère le nom répertorié d'une dame depuis longtemps décédée dont le métier de toute une vie avait été de s'occuper d'enfants abandonnés à la naissance pour ensuite les rendre à l'État. Le dossier n'en disait pas plus. Le nom de la dame n'évoqua rien à Thierry. Il fut toutefois ému à l'idée d'avoir été un temps élevé par quelqu'un.

Thierry, outre ce détail nouveau de son histoire, s'émouvait d'être, au présent, l'objet de tant d'intérêt.

Après quelques investigations supplémentaires, on apprit qu'une autre femme également décédée et tout aussi étrangère à sa mémoire avait précédé la dernière. De bras en bras, on s'était remis le paquet, jusqu'à l'orphelinat.

À défaut de plus de passé, ma mère lui voulut une généalogie. Un patronyme pour unique point de départ, elle démarcha toutes les mairies où elle présumait une preuve du passage de parents, réclamant l'exhumation du moindre avis de naissance ou de décès, du moindre recensement, du moindre procès-verbal. La traque se fit par courrier ou par téléphone, méthodiquement, obstinément. Si l'administration se montrait trop lente, elle se rendait sur place, avec ou sans rendez-vous, disposée à attendre et, si besoin, à elle-même remuer la poussière de centaines de mètres de tiroirs à feuillets.

Ainsi, au prix d'efforts conséquents, se précisèrent deux géniteurs depuis quelque temps eux aussi décédés. Individus que la poursuite de l'enquête fit apparaître inséparables, vaguement nomades, et qui avaient dans un étroit périmètre de France contracté la manie double de se reproduire et d'abandonner. Si toute vie laisse très peu d'elle-même dans les registres de l'État, les leurs avaient laissé beaucoup de ce peu. Ces deux êtres avaient donné la vie comme d'autres la mort. En série. Manière de sévir. Des treize enfants abandonnés en très bas âge, Thierry était le dernier. Les dates qui, en années, en mois, puis en semaines, séparaient les naissances des abandons attestaient d'un genre de promptitude. Le parcours de ce duo était par ailleurs jonché de divers troubles mineurs à l'ordre public dont le plus récurrent était l'ébriété. Début et fin d'explication.

Si Thierry n'avait connu aucun de ses frères – dont on ne put apprendre que le nombre et les dates de naissance –, on l'avait en revanche présenté dans l'adolescence à trois de ses sœurs. Il avait occasionnellement pu leur rendre visite dans leur famille d'accueil pendant les périodes de vacances de son orphelinat. Deux d'entre elles entretenaient encore avec lui des relations.

Le portrait encadré de la troisième occupait chez lui la place centrale d'un autel qu'il avait dressé à son souvenir. Elle avait été la plus proche de lui en âge et en affection. Ils avaient été très proches. À seize ans, elle était morte noyée.

*

Tout comme ses déboires étaient des drames, ses bêtises et joies d'enfant étaient singulièrement intenses, à un degré extraordinaire.

Pour commencer par les bêtises, car lui-même commençait par là, s'esclaffant encore de la tête du curé, la plus bénigne était d'avoir pissé dans un bénitier. La plus mémorable de s'être défendu d'un camarade qui à la cantine avait eu deux fois l'audace de voler dans son auge, nom qu'il donnait aux assiettes. Il avait suffi de deux fois avant de planter dans la main intruse, jusque dans le bois de la table, les quatre dents de sa fourchette.

— À moi, on me la fait pas trois fois !

Nous rîmes de stupeur, le temps d'apprendre sans tout en saisir que, dans le foin d'une étable, il s'était dépucelé à onze ans avec une cochonne de seize ans.

— Des miches, faut pas m'en tendre ! Je suis pas boulanger mais je suis porté sur la question !

Ce parler abstrait, imagé, qui dans sa bouche se substituait à tout langage était autant une manière de pudeur que d'obscénité. Après le temps de latence que nous mettions à comprendre ou à ne pas comprendre, nous riions aux éclats. Nos rires l'informaient après coup du caractère potentiellement subversif de son propos. Un peu confus, pas longtemps gêné, il riait avec nous et, à notre demande, poursuivait.

— Bon, les mômes, c'est pas tout, mais là, ça tape au portillon. J'ai le cigare au bord des lèvres. Je m'en vais couler un bronze !

Ces métaphores spontanées qui lui étaient une pensée battaient en rafales d'images nos oreilles incrédules.

Sa plus grande joie, quant à elle, ne se portait sur aucune anecdote, ni sur personne. Mais sur une montagne. Le hasard qui l'avait fait orphelin avait eu la délicatesse de situer son orphelinat au flanc du plus haut sommet de France et, précisait-il, d'Europe. Flocons, flèches, chamois… Cette joie qui n'avait pas la pédanterie du bonheur lui avait laissé des petites médailles en ferraille aux noms imagés ainsi qu'une unique photo de lui enfant, à skis, sur fond d'immensité. À quelques dents près, il y souriait comme maintenant.

De même que l'escalier en colimaçon, les sombres lames du parquet de l'appartement grinçaient d'une pesanteur caduque. Dans l'entrée obscure, un étroit cerceau de bois se garnissait en bouquet d'une canne à pommeau métallique, d'un gratte-dos en bambou, d'une longue corne à chaussure imitation ivoire et d'un parapluie. Abat-jour, sofa, fauteuils, tout était débordé de franges de fil doré. L'étoffe épaisse et brillante du canapé vert kaki gardait la trace éclaircie du toucher. Le vieux téléviseur, cube massif en faux bois, était serti lui aussi d'un filet d'or. Une bulle de métal doré s'intégrait comme cendrier à un porte-journaux du même bois. Une plaque de marbre surélevée par des pieds eux aussi dorés faisait office de table basse et de plateau de jeu. Il y avait entre les meubles juste assez de place pour aller de l'un à l'autre. Un cumul confiné, parcimonieux, composé au millimètre. Sur son napperon de dentelle, le vieux téléphone était équipé de deux éléments. L'un pour entendre et parler ; l'autre, plus petit, seulement pour entendre. Tout comme le combiné près de l'agenda avait sa tablette à lui, à sa mesure, à sa place, chaque objet avait son meuble.

Chaque meuble était l'occasion d'un présentoir. Derrière des vitrines, s'espaçaient sur toutes les étagères des bibelots et des encyclopédies dont je ne me souviens que des intervalles.

Sous un rideau fin, la fenêtre donnait sur une cour cernée de vieux immeubles et saturée de dizaines d'anciens camions de pompiers garés à jamais. Des flaques de ciel croupissaient sur le rouge écaillé des toits de tôles qui, tout gyrophare éteint, prenaient la rouille. Assorti à lui-même, au moindre détail, le logis était d'une cohérence d'époque. Accomplie, bien finie. Un bouquet de fleurs avait un jour été posé sur le piano fermé et y avait séché en silence. Jour unique où tout ici avait pris place, hormis le temps.

La voix de la vieille dame chétive excédait de peu le grincement ; sa taille, de peu les nôtres.

En fin de semaine, notre père nous accompagnait chez elle en banlieue. Quand il venait à elle trop soûl, les yeux de sa mère, sur le pas de la porte, s'emplissaient d'un reproche que recouvrait l'inquiétude, puis l'amour. Pas d'effusion cependant. Pas de mot non plus. Une hâte méthodique au gré de laquelle, après s'être occupée de nous, elle s'occupait de lui. Toujours essoufflée, toujours tremblante, elle s'affairait, lui épongeait le crâne, le débarrassait de son manteau, disposait des pantoufles à ses pieds...

Lui, grommelant, coopérait à sa manière. Passivement.

Mais à le voir entre de bonnes mains, Olivier existait différemment. S'il semblait peut-être encore un peu moins père, par un effet immédiat de ce soin, il devenait quelqu'un.

Le lien étroit qui avait dû se tendre longtemps avant nous entre ces deux individus ne semblait pas affecté par nos existences. Il se perpétuait sous nos yeux, comme avant, comme ailleurs. Entre eux, je ne sais quoi de rude et de complice dialoguait ou se passait de dialogue. Cette paire d'êtres qui échangeait moins par paroles que par regards avait jusque sous nos yeux intrigués des airs de vie entière. Une vie qui, à notre omission et à celle de notre mère, eût été plus équilibrée, moins encombrée, plus sereine, plus juste.

Tandis que mes frères et moi dévorions le goûter qu'elle nous avait soigneusement préparé, Olivier, déjà, repartait. Au claquement de la porte, elle se retournait alors dans un soupir, posant des yeux tendres sur nous comme sur un autre versant du temps.

Ce goûter lui ressemblait. Comme elle, il était généreux et d'une simplicité presque austère. Comme elle, il rappelait de très loin la Bretagne. À ceci près que les crêpes achetées sous plastique évoquaient moins des crêpes que des lambeaux de papier et que, par souci de santé, la margarine s'y substituait au beurre salé. Cette collation lui ressemblait – enfin et surtout – en ce qu'elle était immuable, rituelle. Sa vie était faite d'habitudes dont, chaque fin de semaine, nous étions.

*

Elle marchait à petits pas. Chaque jour, ce pas débordait de quelques pièces sur quelques rues où elle faisait ses provisions à heure fixe. Cette infime portion de banlieue semblait atteinte de la même dignité qu'elle, et de désuétude. Loin, en contrebas de gigantesques barres d'immeubles, subsistait un dernier nœud d'époque. Trois ruelles décrépites, étroites et désertes qu'elle avait pour monde. Il y avait dans l'une d'elles une enfilade de boutiques, une par denrée.

Rôti, baguette, betterave, brioche... nous nous conformions à ce régime, à ce rythme et à ce calme qui n'étaient qu'une seule chose. Une veille silencieuse où sourdait de l'affection.

*

De retour de cette halte hebdomadaire, notre mère s'empressait tout aussi rituellement de la dénigrer. La coquetterie de l'ameublement était non seulement démodée, mais de mauvais goût. Les crêpes « industrielles » étaient une honte pour une vieille Bretonne ; la margarine, une honte dans l'absolu. Enfin, le calme de cette femme ne pouvait que couver de la sournoiserie ; sa modestie, de l'avarice.

Cette condamnation exhaustive, âpre, infondée, insinua en nous, d'année en année, un écho dissonant. Tout comme notre père n'était pas digne de s'appeler « papa », sa mère dans la bouche de la nôtre s'appela bientôt la « mère machin ». En transe de haine, notre mère aimait à destituer, à débaptiser. Et comme toute affection qui n'était pas pour elle n'était qu'une trahison, la tendresse que nous avions pour notre grand-mère, sans toutefois se résorber, se censura.

Rien, cependant, n'abroge un geste. Tous les siens sont intacts, aimables et aimés. La constance dont elle vivait la protège même du temps, l'en exempte et étend son orbite de quelques rues à quelques décades, jusqu'après la vie. Ces détails sont peu, mais tout elle-même y tient et, au calme, nous sourit.

Si rien, depuis longtemps, ne parvenait plus à Olivier, la mort de sa mère, cependant, l'atteignit. Cette disparition ajouta de la détresse à sa déroute ; rien qu'un cœur déjà suffocant ne puisse supporter. Le sien, par conséquent, lâcha.

Quelques mois après sa mère, Olivier tomba net. Ce que la médecine nomme « accident » avait été prédit de longue date par ma mère. Il n'était en effet pas besoin de science pour prévoir cette rupture physique dont notre père avait été sous nos yeux l'artisan acharné. Plutôt que d'un accident ou même d'une chute, ce fut d'une longue noyade qu'Olivier, par miracle, se réveilla en vie.

L'unique aspect imprévisible de cet événement était d'ailleurs qu'il y survive. Chose surprenante. Surprise vite accrue par les quelques semaines d'hospitalisation qui lui suffirent à se remettre sur pieds, d'aplomb, comme viable. État d'autant plus stupéfiant qu'Olivier, jusque-là, ne l'avait jamais vraiment été.

— Vous avez eu beaucoup de chance. Mais si, à l'avenir, vous buvez, vous mourrez.

L'avertirent une dernière fois les médecins, encore incrédules.

Ne plus boire ne consisterait pas seulement pour lui à changer de vie. Nul n'en change. Ne plus boire, c'était choisir. Choisir de vivre.

Or, sa mère, non loin du coin de banlieue où il avait grandi, venait tout juste de lui laisser en héritage un minuscule studio. Quelques mètres carrés propices. Juste de quoi, une dernière fois, le recueillir.

*

La présence d'Olivier parmi nous avait toujours été si discrète et trouble que son absence nous le fit mieux envisager. Il était sobre depuis sa crise cardiaque. Mieux loin de nous. Et quand, en visiteur, il nous revenait, mieux parmi nous.

Un de ces soirs occasionnels, outrepassant du bras le bord de mon lit superposé où il me fit la surprise de venir, il me tendit un petit papier. Dessin sommaire et appliqué qu'il venait de faire devant moi en quelques secondes, penché sur mon bureau. Un dessin plus enfantin que moi. Une attention déjà désuète, presque irrecevable, qui avait des années de retard sur le cours de la vie. Je le saisis cependant du bout des doigts dans un sourire de gratitude que je voulus contraindre mais qui fut aussi entier que le sien. Ses yeux gris-vert me dévisageaient comme à me découvrir, à m'apprécier. Il se baissa pour saluer encore Edgar, nous dit bonne nuit, éteignit la lumière, ferma la porte.

Je m'étonnai dans le noir qu'un sentiment si étranger à la tristesse empruntât vers mes yeux les mêmes voies silencieuses. Je ne repensais pas l'instant, je le vivais seulement plus réellement, à ne plus en douter. Quelque chose devait en larmes travailler à garder l'image dont naissent ces lignes ; comme ma main, contre moi, ce bout de papier. Je ne verrais plus jamais Olivier si serein, si debout.

D'ENTRÉE, ÇA PUAIT les excréments humains. Derrière un mur en pierre branlant, une étroite bande de goudron avait été coulée directement parmi les ronces. S'aventurer sur un bord ou l'autre ne se faisait pas sans griffure, si bien que les visiteurs préféraient y passer en file indienne. Au bout, à la faveur d'une insolite hospitalité, une porte automatique s'ouvrait, obéissant au pas des arrivants. D'entrée, ça empestait la mort.

Assise derrière un comptoir vide, une jeune femme s'employait à ne répondre à aucun bonjour.

Plus loin, parmi des tables roulantes et des corps roulants, quelques aides-soignantes – contraintes par la loi de ne tuer personne – tuaient le temps. Dans ces couloirs on ne progressait de quelques mètres qu'en régressant dans l'histoire de la condition humaine de quelques siècles. Alors on s'arrêta, perplexes, sur le pas d'une chambre quelconque.

Là, il y avait de ça plusieurs jours, en regardant le

lit d'en face, notre père avait été surpris du remplacement de son voisin de lit par un coffre en bois. Depuis, comme il était à demi paralysé, son regard était resté fixé sur cette morne installation, pétrifié à l'idée que son lit se réaffectât lui aussi au cours d'une nuit ou d'une autre en socle à cercueil. Personne n'avait pensé à lui préciser que dans cet établissement les patients pourrissaient vivants et qu'une fois morts, à l'exemple de son voisin de lit, on envoyait leurs corps pourrir en des lieux plus décents. Le meuble qu'il scrutait n'était donc pas un cercueil mais une ancienne armoire à pharmacie temporairement couchée là par un hasard logistique. Le dilettantisme régnait. La morale, dans un coin, les yeux fermés, les fesses emmerdées.

*

Après un second accident vasculaire cérébral, Olivier, ne donnant plus signe de vie, avait été retrouvé au sol de son studio de banlieue parmi des dizaines de bouteilles vides. Les pompiers avaient dû briser la vitre pour lui venir en aide.

Notre père, que son lit d'hôpital allongeait désormais à l'oblique, avait, avec la parole, perdu l'usage de la moitié de son corps. Mais rien de son regard. Il y avait même là quelque chose de plus ; comme vouloir.

Or, trois bons mètres séparaient son lit de la cuvette des toilettes. Trois mètres qu'à l'exception de ma mère et de lui-même, nul n'envisageait plus. On ne dispensait ici que les soins conséquents à l'absence de soin. La nature dispose pour ceux qui ne peuvent plus rien d'une ressource de maux et de plaies spécifiques.

Alors de temps à autre, on désinfectait les escarres comme, ailleurs, on arrose les plantes. Personne ne semblait concevoir comme deux éléments distincts l'être et son lit. Ma mère obtint cependant qu'on essayât. Une aide-soignante et elle parvinrent au soutien de son corps à mener Olivier aux toilettes et à le recoucher. Essoufflée, elle se faisait chaque fois promettre qu'en notre absence on essaierait de l'y amener plutôt que de le laisser nuit et jour à la couche dont il s'irritait jusqu'au sang.

On pouvait cependant lire dans les yeux des responsables qu'essayer n'avait ici pas sa place. Pas plus que vivre. Selon les rares médecins de passage interceptés dans les couloirs, Olivier n'en avait d'ailleurs plus pour longtemps.

Toutefois, le temps d'entendre répéter qu'il ne parlerait ni ne se relèverait plus jamais, ce dernier obtint de lui-même un mot, puis quelques mots et, loin derrière les dos qu'on lui tournait et où claquait au sol sa canne tripode, un pas, puis quelques pas. Il voulait rentrer chez nous. Pour ce faire, n'ayant pas d'argument, il fut son moyen, sa preuve.

*

Teddy, mon ami de toujours, nous accompagna plusieurs fois dans cette lointaine banlieue à la clinique devenue la destination de tous nos week-ends. Ça nous sortait.

En plus de la lente décrépitude, la programmation d'une démolition imminente justifiait l'abandon. Des meubles vides s'entassaient dans les fonds de couloir aux murs jaunis et lézardés. On ne remplaçait plus ni les néons ni les personnes.

Dans le jardin, où respirer se faisait mieux, il y avait, tout au fond des ronces, une petite maison abandonnée alors jugée inaccessible. Or, Teddy n'était pas du genre à juger. La curiosité qui chez d'autres n'attire que l'œil et l'esprit entraînait sans délai son corps à l'assaut. Il y avait dans son mouvement quelque chose d'irrépressible qui mettait en action, jetait dans le monde.

Tandis qu'il affrontait les ronces avec une habileté enviable, toute naturelle, j'avais pour ma part, en surplus d'obstacle, à me dépêtrer de ma propre réticence et de cette mésentente qu'il y eut toujours entre mon corps et mes gestes.

Au bout, à notre grande surprise, une fenêtre de la vieille bâtisse était entrouverte. Planqués un peu au-dessous de la surface des ronces, essoufflés, étouffant le rire d'excitation qui nous débordait, on poussa la fenêtre, s'y insinua.

La lumière horizontale du soir pénétrait de toutes parts cette maison qui n'était composée que de deux pièces ouvertes l'une sur l'autre et dont la première, à l'indice de l'évier qu'on avait outrepassé, avait dû être une cuisine. L'effraction du soleil doublait la nôtre d'ombres immenses auxquelles il fallait prendre garde pour ne pas être surpris de loin. De nettes transverses de lumière et de poussière dorées grésillaient dans le silence de l'espace saturé de vieux meubles où dormaient des piles de dossiers. Et tandis que je voyais croître sur le visage de mon compère l'émerveillement inquiet qu'il devait voir sur le mien et dont nos cœurs battaient, nous décidâmes tacitement de jeter un coup d'œil aux feuillets. À le respirer, le remuer, pour ne pas avoir encore nous-mêmes de passé, il nous semblait enfreindre le temps. Il y avait là, entre des paquets d'ordonnances jaunies tapées à la machine, de grandes feuilles plastifiées où se détachaient sur fond sombre des fragments de squelettes translucides. L'idée que ces milliers d'os appartinssent à des morts les rendait plus actuels. Les yeux se portaient au-delà des images, à travers les absents, outre vie. Il y avait quelque chose de soulageant et d'effroyable à ce que les crânes n'aient pas de regards et seulement l'expression qu'on leur inventait.

La mort n'était qu'un court-circuit à nos petites cervelles intriguées. Un frémissement d'avant l'idée.

D'ABORD CET ORANGE, aux briques, au soleil, couleur d'ici. Tout en est. C'est ce qu'on habite, là qu'on grandit, là qu'on tourne, qu'on trottine. Périmètre autorisé. De profondes cours et des immeubles alignés, presque égaux, dont on sait tous les recoins, toutes les caves, toute la différence secrète. Pour le reste, chaque frère a ses amis propres et, bientôt, ses escapades.

Pour moi, c'est Teddy, rencontré avant de s'en rendre compte. À âge égal, avoir toujours été et grandi ensemble. Lui un peu plus que moi. Enfant longiligne, pas encore bien grand mais déjà fait pour l'être. Élancé, en action. Ces os légers ont juste ce qu'il faut de muscle pour détaler. Sa tête, longue et fine comme le reste, est taillée dans le mouvement. Un casque de cheveux crépus y explose sans bouger. Une énergie à essouffler, à propulser entre les gens, les voitures, les poteaux, à longueur de journée. L'instant pris d'assaut fait slalomer, esquiver, crier et rire. Teddy s'agrippe aux grillages, ne regarde pas. Il vit, voit et enjambe. Moi, derrière, perdant le souffle dont il s'empare. Il m'attend, souriant, adossé ou suspendu à je ne sais quoi, plus avant. Il ouvre le chemin. Je nous le tempère, nous le raconte.

On reprend la fuite. Tous deux vers la haute tour de fer, prétexte au loin, suivie à vue. La ville, entre-temps, est une densité où s'insinuer. Un flou de coins de rue, un coup de vent, de goudron battu des pieds. Derrière les façades bientôt solennelles et austères, différentes, le pic s'absente à mesure qu'on l'approche. Puis, de là, écrasante, volumineuse, largement établie au sol et au ciel, la tour survient tout entière. Nous voilà aussi loin que possible. Le possible a sa balise, son totem. Regard haut, on s'esclaffe, on s'émeut.

L'horodateur nous rappellera à l'heure qu'on ne faisait que craindre et dont la tour, si proche, si là, dans nos yeux, est la cause et le signe. On tourne le dos à l'urgence. On en change. Le temps de revoir à vive allure sur nos pas pressés dans le soir qui vient, cette ville-là, d'un beige gris, bien habillée. Comme les gens d'ici. Substance autre. Même les lampadaires ont des coquetteries, des langueurs. Les beaux immeubles aux fenêtres immenses en enfilade sont pavés d'obstruction, regorgent d'impasses, d'arrière-cours sans accès, de lustres, de détails. Les larges portes en ferronnerie, en épaisses vitres troubles ou en bois laqué, sont des odes à leur fermeture. Sensation inhabitable, frôlée. Je lis tout au passage. Je m'enquiers. C'est ça de pris. Et tout ici s'écrit en or ou s'y grave. Noms de pharmacie, de confiserie, de juristes, de médecins, de statues. Et, aux coins, ces petits parcs, pas pour jouer. En boudoirs, en kiosques, en coulées de lierre, enclos de morosité noble, dans plus de morosité, de noblesse ; sombres à toute heure, jusqu'au soleil. Le soir leur va mieux.

Les quelques passants ne sont que seuls, même à plusieurs. Visages contrits qu'on esquive, hommes à cravate, à chapeau. Dames sans âge, lourdes de maquillage, de fourrure, de parfum. Toute boutique a l'air d'une bijouterie et, quant aux prix, l'est un peu.

On fuit ce calme comme on l'a gagné, à grandes enjambées. On réintègre la foule, rentre à temps.

*

Notre quartier était au pourtour de la ville, inclus de peu. Il n'y avait que la largeur d'un stade sans gradin entre nos fenêtres et la limite périphérique dont le flux de moteurs était, jusque dans la nuit, notre silence. Teddy habitait quant à lui un peu plus profondément dans la ville. À quelques rues l'un de l'autre, nous nous rendions équitablement visite. Nos deux foyers avaient ceci de commun qu'y régnait sur chacun une mère centrale.

La mienne, à l'effacement de mon père, nous élevait, comme elle aimait à le revendiquer, toute seule. La sienne, en l'absence effective de père, faisait en quelque sorte de même.

Teddy avait un grand frère à peine plus âgé que lui et une petite sœur rapprochée en âge. Leur mère, ancienne militaire, avait gardé de cette vie-là un sens de la discipline qui affectait jusqu'au débit de sa voix. Elle parlait peu. Et, le cas échéant, brièvement, toniquement. Même les mots d'affection étaient distribués par cette scansion nette, égale. Si le petit appartement poussiéreux relativement aussi chaotique que le nôtre n'était régi par rien, il restait dans son attitude à elle, jusque dans ses gestes, sa tenue, des traces sensibles d'ordre et de rigueur.

À sa demande, par respect autant que par jeu, les enfants s'activaient en armée pour mettre la table à l'heure juste. Assis aux places fixes, nous ne mangions qu'au signal de l'aiguille et d'un *bon appétit* bien prononcé et bien rendu.

Après le repas, la même organisation les reprenait au débarrassage. La mère s'éclipsait alors vers une pièce à part. Elle prenait leur éducation comme un tour de garde. Elle n'élevait que par interventions, n'intervenait que comme elle parlait. Si nécessaire.

En dehors de ces sursauts ponctuels, elle nous confiait le plus clair du temps à une liberté qui n'avait, entre les heures des repas, aucune limite ; pas même celles de l'appartement.

Je me la rappelle s'accroupissant à mon niveau,

appuyant son regard dans le mien alors que je lui confiais avec une honte qui était peut-être un début de pudeur la crainte que j'avais, comme ça m'arrivait alors toutes les nuits, d'uriner au lit. Ce à quoi elle répondit d'abord par un silence puis, avec autant de fermeté, de conviction et de confiance qu'en avait ce silence :

— Non, tu ne fais pas ça.
Je n'y crois pas.

Dans une brève expression qui sur tout autre visage aurait été un sourire affectueux et que je reçus comme tel, elle se leva, me dit bonne nuit et regagna son absence.

*

De la fenêtre où l'on passait des heures avides à jouer, à bavarder et à respirer la nuit de la ville, on avait vue sur un petit square de l'autre côté duquel, au rez-de-chaussée d'un immeuble, un bar étouffait ses basses, son mystère. Ce lieu sans fenêtre, obstrué sur toutes ses faces de larges fresques de plage et de palmiers, était un club de zouk. Musique dont on n'entendait d'ici que l'essentiel, le pouls. On guettait les rares allées et venues derrière les arbres. Ce rythme calfeutré, entêtant, avait un soir attiré à l'oreille leur père martiniquais et l'avait définitivement absorbé, repris. Restait en façade, dans ce mirage opaque de mer et d'azur, le secret contenu de son absence.

Teddy pleurait presque. Alors, on parlait d'autre chose. Tandis que la petite sœur et le grand frère s'étaient endormis, nous continuions pêle-mêle à digresser sur tout hier et tout demain.

Ne reste pas un mot de ces paroles.

N'en reste que l'amitié, loin dans la nuit.

C'est de ça qu'on se prolongeait.

De ça qu'on tombait.

*

Au matin, je me réveillai parmi eux sur le large canapé déplié, enveloppé d'une inhabituelle sensation de draps secs. Et si, chez moi, dans ma chambre, je continuerais longtemps encore à imprégner mes nuits, je ne le fis jamais là-bas où, jusqu'au fond du sommeil, jusqu'au matin, un regard était, une fois pour toutes, intervenu.

*

Un jour, peu après le déjeuner, alors que nous amorcions un jeu dans le salon, ça tambourina. La mère de Teddy, qui n'avait l'habitude d'aucune visite, accourut tout de suite à la porte d'entrée et regarda à l'œillet.

— Va-t'en !

— Non ! Je suis chez moi !

Le moment qui suivit tint tout entier à ces deux injonctions qui, de chaque côté de la porte, s'opposèrent de plus en plus vivement.

— Si tu pars pas tout de suite, j'appelle la police !
— Vas-y, appelle... Je suis chez moi !

Pour cause d'impayé, la ligne téléphonique avait été coupée depuis si longtemps que le téléphone, débranché et rangé dans un recoin obscur, était introuvable.

Or, l'électricité malgré les menaces n'avait pas encore été coupée et les numéros d'urgence restaient théoriquement joignables après la coupure de la ligne. La mère, plus active que jamais, passa donc quelques interminables minutes dans toutes les pièces et placards à mettre la main sur un vieux téléphone à numérotation rotative qu'elle brancha en hâte et où on l'entendit exposer la situation à la police.

— Affirmatif.
Conclut-elle, raccrochant.

— Tenez la porte ! Il a un pied-de-biche !

Alors, côte à côte, cœurs battants, bras et corps tendus sur cette porte pourtant lourde de serrures et de verrous, nous opposâmes à l'oblique nos peu de forces combinées, symboliques. Nos paumes à plat sentaient l'activité de quelque outil. Ça heurtait, vibrait, ripait, butait, reprenait, insistait. On s'essoufflait statiquement, gueulant à se donner courage, quand, soudain, la porte redevint inerte ; le palier, silencieux. La mère, qui était seule à hauteur d'œilleton, nous fit signe de nous écarter pour le consulter. Deux policiers dont on entendit soudain les voix étouffées y étaient apparus.

Dans un soupir, elle recula de deux pas. À la courte échelle que nous nous fîmes tour à tour, chacun put constater la présence du père et des deux agents. Le père, sommé de déposer son instrument au sol, s'exécuta, suivi d'un tintement métallique. Le ton de sa voix grave devint cordial, presque doux. Le propos cependant était ferme, inchangé. Il était ici chez lui. Ce à quoi la mère protestait d'une voix forte que ce n'était pas vrai, que ses enfants et elle étaient ici chez eux.

Les policiers, perplexes, eurent le désarmement, la bonne foi et, bientôt, l'agacement de spectateurs incultes dépassés par la violence complexe d'un grand spectacle. Le bien et le mal n'y tenaient aucune place. L'un était légalement chez lui. Les autres étaient manifestement chez eux. De part et d'autre de la porte, deux inconciliables vérités s'opposaient. La situation exigeait de réfléchir.

Pour le moment, il fut donc convenu, au gré d'une esquive informelle qualifiée d'amiable, de congédier le père. Sans trop longtemps protester, celui-ci se ressaisit de son instrument et quitta la bulle visible d'un pas tranquille, d'un pas de propriétaire. Les policiers assurant la mère du départ de l'assaillant la convainquirent enfin d'ouvrir. Le fond de sa voix accusait un léger tremblement. La situation leur fut expliquée comme elle s'était vue. Claire, nette, inextricable. Aussi, les agents confièrent en chœur, avec zèle, ignorer les ressorts de la loi dont ils n'étaient, par ailleurs, que les exécutants. Sur ce fier aveu que personne ne leur avait demandé, ils partirent à leur tour, bien incapables d'assurer quelque sécurité que ce fût à cette mère farouche où n'était plus le soldat. À la fermeture du dernier verrou, dans le calme retrouvé, la petite pleurait à grosses larmes.

— Faites vos sacs de piscine et celui de votre sœur.
Vous irez dans une heure. Ça vous changera
les idées.

Résolut-elle avant de recueillir sa fille qui courut à ses bras. Ne voulant pas laisser leur mère seule ici, mes camarades, après avoir vainement tenté de s'opposer au projet, s'y résignèrent. Nous bourrâmes les sacs. Elle nous remit des pièces pour les casiers. Notre sortie sur le palier accrut encore les pleurs de la petite qui, dans le flou de ses larmes, nous suivit. Avec pour mission de la consoler en route, nous prîmes l'escalier plutôt que l'ascenseur. Au rez-de-chaussée, après nous être assurés du silence, nous convînmes d'ouvrir lentement la porte qui donnait sur le hall d'entrée de l'immeuble. Et alors qu'on en sortit tous quatre, l'homme, surgissant de nulle part, saisit la petite à bras-le-corps. Dans le mouvement, Teddy et son frère, hurlant de surprise, lui attrapèrent les chevilles en l'air, les tirèrent. Le père, immense, baisa les joues de l'enfant et la reposa au sol dans des mots tendres, émus. L'agrippant aux bras, la soulevant presque, nous détalâmes à toutes jambes vers la sortie. La surprise qui dans l'instant avait interrompu ses pleurs fut recouverte d'un regain de larmes et de sanglots.

À travers les rues, nous fuîmes vers rien.

Là, brûlants, on s'arrêta, à bout de souffle. Il fut décidé de ne pas aller à la piscine. Les pièces pour les casiers furent converties en bonbons. La petite était inconsolable. Nous l'entourâmes comme une part de nous-mêmes.

*

Les années passant, le regard de leur mère me sembla couver tout au fond du surplomb quelque chose d'illisible, comme de la tristesse. À ce détachement, s'ajouta celui, plus familier à mes yeux, de l'alcool. Elle vacillait même parfois, mais avec cette dignité militaire qui dans le naufrage soutient le contraire.

Son corps, seulement, ne tiendrait plus longtemps. Un pacte enfantin plus inaliénable que tout pacte me tenait au strict secret de sa perdition. Noyée dans le rhum que je lui connaissais comme parfum, derrière la fenêtre obstruée de sa chambre, elle ne supportait plus que l'ombre, se faisait fournir en bouteilles, maigrissait, s'anéantissait. Parlant par gestes, elle se faisait soutenir par ses enfants pour aller et revenir des toilettes.

Un jour où je la vis ainsi, méconnaissable, hors de sa chambre, elle me fit promettre de ne rien dire à personne et eut sur moi l'autorité instantanée qu'elle avait sur eux. Autorité affective qui faisait d'eux les loyaux fournisseurs de son poison, les porteurs impuissants de son corps, de sa mort probable.

*

Lorsqu'elle perdit la sensation de ses jambes, il fut convenu de l'hospitaliser en urgence. L'hôpital était à une rue de là. Je lui rendis visite avec eux.

Ainsi alitée, elle avait recouvré, sans toutefois l'usage de ses jambes, un regard et une vigilance que je ne lui avais jamais oubliés. Elle nous remit les clefs de l'appartement et l'ordre d'y prendre l'important. Le retour du père était imminent. Courant dans les rues, nous regagnâmes l'appartement et vidâmes sur le sol tout ce qui pouvait se vider. Une énergie nous vint qui, sans être de la joie ou de la détresse, en eut l'intensité. Dans l'urgence souvent reportée, nous habitâmes les commodes, sautâmes en chaussures sur les lits. Une fois les sacs-poubelle, grands comme nous, remplis à ras bord de cartes postales, de papiers importants et de jouets choisis, ce fut à l'idée de ne jamais plus revoir ces murs que nous les barbouillâmes d'insultes et de dessins obscènes. Teddy et son frère insistèrent pour que j'y prisse part. Je me saisis d'un feutre et le fis comme eux, à contrecœur. Leurs dessins auraient voulu dire je t'aime ; leurs rires, pleurer.

*

Peu après, les enfants furent envoyés sur une autre planète, la plus éloignée de la mienne. Quelque part en province.

Tout comme nos chaos respectifs avaient toujours été plus supportables du seul fait d'être reliés, l'absence soudaine de Teddy m'introduisit à un sentiment qui eut des relents inédits. Des relents de solitude. Hormis Edgar, mes frères et moi ne nous opposions en effet, à l'orée de l'adolescence, que des insultes. Notre mère, que sa séparation d'avec Thierry avait rendue à elle-même, aurait préféré ne pas nous avoir eus. Nous n'étions par ailleurs plus assez enfants pour l'attendrir. Tout son dédain le criait. Thierry, lui, n'avait été que l'entracte d'une tendance qui reprit de plus belle. Tendance à blesser.

*

Comme Olivier fut en sa présence changé pour Thierry, Thierry fut en sa présence changé pour Serge, son collègue. Elle désaimait si ouvertement que, trompant, elle ne trompait personne. Elle changeait d'être comme de sujet. Serge n'est donc qu'à évoquer. Pesant, moqueur, acide. Plus lourd encore que lui-même. Lourd comme un blagueur sans humour, baignant dans son rire comme dans le malaise, en son milieu. Gardien de parc camerounais qui déléguait tout sauf manger, il absorbait par quarts comme par bouchées plusieurs de ces pizzas américaines qui ne sont pas des pizzas. Léchant un à un ses gros doigts poupins ruisselant de la matière grasse dont il se constituait, respirer lui était une charge. De même qu'il était gardien sans rien regarder, qu'il s'essoufflait sans bouger, il trompait sans se lever. Les deux trompaient. Ils conféraient une symétrie à la laideur. Ce fut le dernier homme que je lui connus. Le pire et le moindre.

*

Je me rappelle une dernière fois Thierry, en fureur, tenant ma mère par la tête, immobilisée. Pas de coup. Un geste cependant suffirait à ce que la tête ainsi maintenue se broie sur la fonte du chauffage. Ce geste dont, haletant, il s'abstient, est à la limite du pensable. Cette limite entraperçue est si concrète, franche, insoutenable, qu'elle est à peine mémorable. Le péril fut éblouissant, aveuglant. Ne m'en reste que le fait. Pas d'image.

Où Thierry s'est retenu, Thierry se clôt. Ce qui aurait pu être la fin de ma mère fut, à mes yeux, la fin de Thierry.

NOTRE LOGEMENT SOCIAL était au nom d'Olivier. Son statut de fonctionnaire nous en faisait bénéficier. N'étant pas mariée à lui, notre mère, en cas d'hospitalisation prolongée du locataire susnommé, ne pouvait prétendre conserver l'appartement. Bien que six, nous ne comptions pas dans l'équation. Outre son lexique, l'administration a son algèbre. Notre mère fut donc contrainte de « reprendre » Olivier.

La jambe vivante lançait l'autre en avant, puis suivait, et ainsi de suite. Entre deux ambulanciers inquiets, en appui sur une canne tripode, une moitié de son corps fit ainsi faire à l'autre un long périple de l'ambulance à l'ascenseur, puis de l'ascenseur au fauteuil du salon. Chaque déplacement était d'ailleurs un long périple. À compter de ce jour, au péril de chaque pas, tous les suivants de sa vie iraient et retourneraient de ce fauteuil aux toilettes.

Notre mère s'occupa de lui jour et nuit. Ce soin eut tous les aspects du dévouement. Seulement les aspects.

En effet, si elle ne cessait de le soulever à bras-le-corps, de le nourrir, de lui essuyer le coin des lèvres, de l'habiller, de le lever, le coucher, le torcher, le laver, l'enduire de pommade, d'antiseptique, pliée sur lui, aux prises avec ce corps dont la moitié n'était qu'un poids, tous deux hurlaient à chaque opération.

— Salope !
— Gros porc ! Tu vois où ça mène, l'alcool !
Vivement que tu crèves ! Mais là, on serait
tous à la rue...
— Crève toi-même ! Pouffiasse !

Ainsi vécurent-ils leur duo, plus unis que jamais, mariés par la circonstance. Genre d'étreinte.

Ma mère ne concédait toujours rien à Olivier ; rien, désormais, que sa vie.

*

Olivier sembla moins nous revenir que nous arriver. Au beau milieu du salon, son fauteuil – plus qu'une assise – lui fut une place. Dès l'instant où il atteignit ce fauteuil, il fut ce qu'il ne nous avait jamais été : présent.

Il passa des jours entiers au calme face à la télévision qu'il ne regardait que d'un œil, l'autre étant condamné à se dessécher et à s'irriter. La paralysie qui lui ôtait la moitié de son corps le privait en effet de l'usage d'une paupière. Cette dernière, relevée qu'à demi, ne battait plus que parfois, comme par erreur.

Olivier — cependant et surtout — était vivant. Au regard de l'abîme d'où il revenait, il y avait là quelque chose de remarquable. Sévèrement handicapé, il était amoindri mais n'avait plus l'air ni mourant ni malade. Il était passé de l'agonie à la survie. La survie lui fut un état.

Ma mère soignant jusqu'à son hygiène, il n'avait jamais été si propre. Les cheveux gras et crasseux qui avaient longtemps environné son crâne étaient régulièrement tondus ; la barbe, régulièrement rasée.

Comme Olivier, qu'une lourde médication rendait hémophile, saignait d'un rien, ma mère, le cas échéant, pansait avec soin les entailles de ses joues. Celles-ci n'avaient rien perdu de leur épaisseur. Si l'alcool boursoufle, broie et finit par priver les ivrognes de leur visage, ces mois d'abstinence suivis de cette rude année de convalescence avaient achevé de rendre le sien à Olivier. Et le sien était, à l'instar de son corps, d'une rondeur naturelle.

Mais si l'accident d'entre-temps n'avait pris à cette face qu'une paupière, le visage — lui — avait pris dix ans.

La main viable tenait la télécommande. L'autre, à jamais crispée au bout d'un bras inerte, se posait à la jonction d'un ventre épais et de cuisses amaigries non plus vêtues de l'éternel pantalon de costume mais d'un survêtement. De même, les chaussures de ville aux semelles râpées avaient définitivement laissé place à des chaussures de sport. Après chaque impact des trois pieds de sa canne métallique sur le parquet, son pas émettait un bref crissement de caoutchouc. Pour ce demi-corps trapu portant et traînant un corps entier, le moindre pas était un effort, un risque, une prouesse.

Marchant, il bravait.

Olivier s'était si peu montré père que ce statut et sa personne s'étaient à jamais déliés à nos yeux. Il était lui, seulement lui.

Or, nous ne le savions que taciturne, un peu rustre, peut-être doux. En somme, nous ne le savions pas. Toute sa personne tenait en substance à ces maigres observations. S'il ne nous avait jamais été ni hostile ni le contraire, le portrait que nous en dressait depuis toujours notre mère nous le dépeignait lâche, stupide, égoïste. Si nous avions à force fini par croire à ce portrait, ce tout dernier défaut ne lui allait pourtant en rien. Sa personnalité était trop diffuse pour qu'il y eût la moindre trace d'ego. De même, si son âge adulte ne faisait en surface aucun doute, cet âge n'était qu'un fait. Olivier n'avait pas d'attitude. Ce corps et ce visage que la vie avait vieillis puis violemment entamés semblaient receler une âme sans âge, à la fois mystérieuse et brute. Olivier nous revint donc comme il nous était parti ; une énigme sous forme d'homme.

Nous eûmes pour la première fois de nos vies l'occasion de le connaître. Et, même, pour mieux dire, de le rencontrer. Il y avait quelque chose en lui de disponible, de propice, dès le regard. Ce regard était fait de simplicité, d'ouverture. Si nous n'avions pas été élevés à le haïr, nous aurions même pu converser. L'hostilité que notre mère avait cultivée en nous à son égard était cependant bien trop vivace pour que nous nous le permettions. Nous nous devions de garder avec lui la distance dont, depuis toujours, nous souffrions en secret. Distance sans fondement, sans pitié.

Irrésistiblement attirés à lui par une curiosité farouche compliquée d'affect, nous l'approchâmes tout de même à tâtons, comme on appréhende une chose étrange. Le mode d'approche des enfants étant le jeu, nous ne tardâmes pas à jouer avec lui. Il ne fallait cependant surtout pas qu'il débordât de ce jeu un quelconque signe d'affection ou de connivence. Tout élan de cette nature eût été pour chaque frère, un désaveu. Veillant à ne pas être aimables, nous jouâmes donc à la cruauté, seul jeu permis.

Claquant des mains pour le réveiller par surprise, sautillant, dansant, narguant, riant, tirant sa canne, l'esquivant, nous lui fûmes des désagréments, des mouches. Une nuée.

LIVRE II

J'ai toujours eu goût à entendre la langue et à la parler mais n'ai jamais écrit à mon initiative. Par défi, je m'y risque. Mes mots tendent d'emblée au présent. Il y a face à moi une fenêtre ouverte par laquelle entre, outre celle des fleurs du rebord, toute l'odeur du soir. Un appel.

Pourpres d'un ciel presque éteint, les briques de l'immeuble d'en face semblent expirer. Hormis quelques roucoulements, et à de rares tintements de vaisselle près, on n'entend rien. Rien, au fond, qu'un bourdonnement périphérique. C'est, à cette heure de l'été, le calme même qui circule. Quelques pigeons amnésiques en provenance de deux arbres feuillus vaquent à des urgences avortées dont ils se reposent çà et là, sur les toits, à même le ciel. Il ne me semblera bientôt plus écrire ni mots ni détails. J'écris le soir que je respire. Rien de notable. Bien plus et bien moins qu'une odeur. Une pénombre en partance. Cet air qui semble rose et cesse de sembler.

Quand je relève mon stylo, les fenêtres et lampadaires sont allumés alentour. Haut en retrait, le ciel n'a plus d'influence. Il n'est plus que ce sombre amalgame de violet et d'orange qui en ville est la substance des nuits.

Je suis à onze ans, à l'âge de la puberté. Du moins, le devrais-je. J'en ai entendu parler comme d'une rumeur mais n'ai pas de symptôme. Alors, comme l'avenir tarde, à petits pas dans le noir, je m'y rends. Je le susciterai, le devancerai. Je ne dois réveiller personne. Dans toutes les chambres, ça dort. Sauf dans celle de César, parti en vacances. Je pousse doucement la porte, la referme plus doucement encore, la verrouille.

Le lampadaire de la cour projette au plafond une pénombre orange confuse de l'ombre distendue et flottante d'un feuillage. Les armoires, la table basse, le large canapé en cuir… Je déduis les choses de leur masse d'obscurité, trouve du doigt le bouton du magnétoscope, puis celui du grand écran. Soudain, c'est tout le lieu qui s'allume. Je fourre vite un linge sous la porte. L'endroit interdit a pour recoin interdit un placard à cassettes. Parmi les boîtes, tout en haut, tout derrière, des boîtes neutres, sans jaquettes. Avec précaution, au ralenti, je me saisis de l'une de celles-ci, l'insère, prends la télécommande, coupe le son.

D'emblée, à l'image, une autre espèce d'êtres. Des adultes ; nus, de surcroît. Leur nudité suffit à me stupéfier. De part et d'autre des dames, des lèvres excèdent le concept de bouche. Les hommes musclés se prolongent de muscles qui, au sortir des hanches, tanguent droit dans l'air comme des membres supplémentaires, rigides, inaboutis, que, déjà, les femmes lèchent, urgemment, comme pour soulager. L'urgence a de la méthode, de l'application, du soin. Ça me coûte de regarder. Tout moi hésite à se dégoûter, puis se laisse fasciner, happer. Les seins font de haut comme des grosses fesses mal placées. Des seins difformes d'être énormes, trop lourds et trop ronds, comme on les dessine pour rigoler. Corps exagérés. Puis, de ces corps qui déjà se saisissent, se pénètrent, un amalgame qui ne va nulle part qu'en lui-même, obstiné, avide d'orifices ou de protubérances. Les hommes se trouvent des creux où s'insinuer. Replis inédits. Le même mouvement se répète, se confirme. Peau sur peau. Va-et-vient organique.

Mon corps entre-temps s'est concerné. Comme ça, tout seul, de lui-même. Alors je sollicite à leur exemple ce qu'en lieu et place j'ai de saisissable. De leur côté de l'écran, ce n'est plus un, ni plusieurs, c'est du corps qui s'agite. Le mouvement d'une chair à l'autre. Fragment de coït. La chair se revient. Sur les visages, autant de grimaces que la vie contient de sentiments. Ça souffre, sévit, remercie, s'essouffle et implore simultanément. La matière moite projette sa ferveur jusqu'en dehors de

l'image qui éblouit la pénombre et mon corps allongé. Ma mission tourne à la besogne, à la frénésie. J'insiste. Rien n'advient. Le futur me refuse. Jusqu'à, d'un ailleurs, du fond même de cet ailleurs : un vertige. Élan subit de pure sensation. Une chute de cosmos. Tout s'aspire, se soustrait en puissance. Tout m'absente.

Reviendra lentement du nulle part atteint, la sensation d'être. De la tête aux pieds, haletant, tremblant, suant. Rescapé de l'apothéose.

À L'ISSUE DE MULTIPLES ENTREVUES administratives, notre mère, ayant fait valoir notre discrétion et nos résultats, avait chaque année obtenu auprès de la direction, malgré le cumul des impayés, notre maintien dans l'école privée située en dehors du quartier. Une fois les petites classes terminées, nous en étions un à un partis, riches d'une instruction sensiblement supérieure à celle que nous aurions reçue dans l'école publique du secteur. Après nos départs, notre mère fut longtemps sommée de payer, menacée, oubliée, puis rattrapée.

Notre situation financière exclut tout de suite d'intégrer des collèges privés. Or, le système éducatif d'État tenant à ce que les territoires riches ou pauvres jouissent pleinement et sans mélange de leur richesse ou de leur pauvreté, ma mère fut contrainte de nous confier au collège public que notre situation sociogéographique nous assignait. Si l'établissement était connu de longue date pour être la destination finale des exclus de tout Paris, César, une dizaine d'années plus tôt, avait néanmoins réussi l'exploit d'en être renvoyé.

« La poubelle » était le surnom de ce vaste complexe éducatif, situé de peu dans la ville, sur le bord du périphérique, comprenant un collège et un lycée. De ces larges barres d'immeubles, déteignaient en coulures de rouille les fers à béton que révélait l'effritement des façades. Arthur qui, suivi par Edgar, m'y avait devancé de deux ans, avait fait l'expérience d'une rentrée mémorable.

*

Sur le large trottoir surpeuplé d'arrivants en attente, un de ses futurs camarades tout vêtu de neuf s'était soudain vu encerclé par une poignée d'autres. On l'avait entendu crier. Le groupe d'assaillants s'était ensuite dispersé et n'avait laissé sur le goudron qu'un petit corps nu, recroquevillé, frissonnant de torpeur.

Le rappel de ce récit compressait de plus en plus étroitement mon cœur tandis que, longeant les barres, j'intégrais en différé la foule statique. Au fronton, sous une paire de drapeaux, le nom officiel de l'établissement était celui d'un poète médiéval réputé pour sa rébellion, son dévoiement et son insolence. Sur l'un des larges murs d'entrée, son portrait narquois jouxtait une troublante citation en vieux français qui exhalait moins de repentance que d'ironie et où il était d'emblée question, du temps d'une jeunesse folle, d'avoir manqué l'école.

Dans la foule qui rentrait, j'aperçus quelques têtes du quartier vite perdues comme la mienne dans un flot d'inconnues. Après le hall d'entrée, vers ce qui devait être la cour, se situait un cloître au centre duquel un parterre de buissons ras à moitié morts échouait à former un labyrinthe ornemental. La terrible anecdote du défroqué avait enfin quitté mon esprit quand j'en entendis un dernier rappel se perdre dans le brouhaha du troupeau. Le souvenir traînait dans les bouches et les consciences. D'autres anecdotes plus ou moins vraisemblables formaient à elles toutes un début d'ambiance. Chacun risquait toujours de devenir une « victime », mot qu'on se renvoyait comme une insulte et dont était même née l'expression banalisée « se faire victimiser ».

Dans mon silence, je m'accrochais à l'idée qu'Arthur avait ici passé deux années plutôt paisibles. À la faveur d'une opportunité administrative, il faisait en ce moment même sa rentrée dans un collège public mieux réputé. À condition de bien travailler, il en serait de même pour moi. Je ne rentrais ici que pour, au plus vite, en sortir.

Après le cloître, puis un préau, le flot dont j'étais se répandit sur une vaste étendue de bitume. Au centre, avait été planté, à égale distance du bâtiment et du mur brise-son du périphérique, un unique arbre, pour le principe. Sur toute la largeur de la cour, étaient inscrits au sol les numéros de classes. Devant chacun, un rectangle associé où se parquer. À vue de nez, il y en avait en enfilade une bonne trentaine. Chaque professeur attendait et, le moment venu, partait avec son lot de gamins. Un surveillant avait pour mission de gueuler les numéros de classe. À l'appel du sien, la mienne, à son tour, accourut de toutes parts pour former un tas disparate qui, sans toutefois s'y ranger, environna son rectangle.

Là, loin au-dessus de ses lunettes, un vieil homme porta sur ce qui devait être « nous » un regard vague, puis nous tourna le dos et s'orienta d'un pas lourd vers l'entrée d'une cage d'escalier où il ne s'assura pas une seule fois d'être suivi. Deux étages plus haut, la pièce qu'il nous ouvrit contenait plus de tables que n'en eût permis l'espace. Juste assez pour tout le monde. À des tables quasi neuves et déjà vandalisées se mêlaient des tables à encriers qui, à la manière de l'hôte, semblaient plus vieilles que le bâtiment. Tandis que certains s'arrachaient à coups d'insultes les places du fond, le hasard de la cohue m'assit au milieu de la classe. J'eus, à cette table, une place de choix.

Un dessin profondément gravé dans le bois y prolongeait mon entrejambe. Un fier sexe représenté à bord perdu y pointait droitement celui d'une femme, jambes écartées. Cette entrée en matière était d'une telle précision anatomique et d'un graphisme si franc que je passai une seule seconde à m'en stupéfier, à en tressaillir et à en paniquer comme d'un authentique phénomène physique. La seconde suivante, je couvris de mon sac ce large dessin qui, plus qu'une œuvre, m'était une situation. J'y disposai beaucoup de cahiers.

Après des minutes déjà longues d'un tumulte où avaient claqué rires et chaises, un gémissement retentit depuis l'estrade. Dans le froissement d'ultimes insultes hâtivement chuchotées, tout sembla alors s'interrompre et s'asseoir. Ce grave tremblement sonore avait eu la force d'un râle, l'expiration d'un soupir et l'effet d'un ordre. Fatigué de son intervention, l'homme, derrière son bureau, entrouvrit d'une main la fenêtre qui s'y accotait et porta tranquillement à ses lèvres une fin mâchée de cigarillo qu'il alluma sous nos yeux. Il y eut d'abord un silence, suivi de rires plus ou moins étouffés, puis une exclamation.

— C'est interdit de fumer !

Lança-t-on du fond de la classe tandis que l'homme expirait une fumée qui butait largement contre la vitre, dissipant autour de lui un lent brouillard odorant où certains agitaient à leur nez des mains en éventail.

— Dorénavant, vous monterez ici par vous-mêmes à l'heure dite. Je vous y attendrai à ce bureau. Vous prendrez place dans le calme, sortirez vos affaires. Le dernier venu fermera la porte. Vous ne vous assiérez qu'à mon signal. Je n'entendrai que le silence...

Il eut l'air de s'interrompre et, laissant tomber le cigarillo à son pied, l'écrasa dans un grincement. Sa voix grave avait été comme exhumée par cette introduction que, sous des moustaches rêches et jaunies, ses lèvres invisibles avaient daigné articuler. Cette voix, sans se hausser, était naturellement puissante. Il n'avait donc pas eu l'air de sévir mais, seulement, de décréter. Son regard, dans un lent survol, s'était entre-temps enquis de chacun. Sous des sourcils blancs comme les cheveux et comme la barbe, sous des affaissements de peau, des pupilles d'un bleu presque absent étaient à ce visage terne lacéré de rides un timide apport de couleur.

— ... Alors, nous nous dirons bonjour.

Acheva-t-il tandis que le vacarme de fond de classe reprit de plus belle avec, en surplus, des effusions de projectiles. Le vieil homme se leva et se recentra dans l'espace pour mieux apprécier la crise.

— Je vais mettre toute l'Afrique au même rang !

Tout, dont lui, trembla soudain de cette voix et de ce propos qui eurent un fracas de séisme. Tandis que ses mots et ses yeux s'adressaient au dernier rang, son doigt, comme à trancher l'espace, pointait toute la largeur du premier. Il s'agissait d'intervertir.

— Il a craqué !
— Raciste !
— T'as rêvé !

Cria-t-on, çà et là, à plusieurs voix, sur fond de clameur générale. Par ailleurs, l'Afrique étant en ces murs très amplement majoritaire, seule la subsaharienne logerait sur un seul rang. C'était précisément à celle-ci qu'il s'adressait.

— On va porter plainte !
Vous allez être viré, monsieur !

L'homme, dont on s'attendait encore à la colère, semblait au contraire s'en être entièrement délesté. Il retourna s'asseoir au bureau et, là, dans une expiration, redressa lourdement un visage de dépit qui semblait avoir encore un peu plus vieilli, et qui fit taire.

— Selon vous, pourquoi suis-je là ?
Demanda-t-il.

Personne ne trouva à répondre.

— Je suis là, dit-il, parce que je suis viré de partout
ailleurs. Je ne peux pas tomber plus bas.
Je mourrai à ce bureau.

Il y eut encore un silence. Cette introduction prononcée avait eu l'impact d'une conclusion. Ce qui restait de défiance s'effrita partout en rires incrédules.

— Faites donc.
Ordonna-t-il dans un soupir résolu, pointant les deux rangs concernés, dont seul le premier, mi-hésitant, mi-obéissant, se leva, rassuré peut-être de s'éloigner de l'estrade dont s'exhalait désormais, plus puissamment

encore que la fumée, une odeur aigre de cigare écrasé.

— On s'en bat les couilles, on dira tout, monsieur, on portera plainte !...

Promirent une dernière fois ceux qui, s'approchant, ne trouvèrent plus ni ses oreilles ni ses yeux, ces derniers étant plongés dans ses lunettes sur une feuille qu'il tenait à l'oblique un peu au-dessus de son bureau. Le temps était venu d'égrainer les noms auxquels chacun répondit et que, nous retournant vers chacun, nous mîmes sur les visages. À chaque réponse, ses pupilles se levaient furtivement de sa liste, droit vers qui se manifestait.

— Vous comptez pas les absents ?

Remarqua-t-on au tout nouveau premier rang où, au gré d'un étrange revirement, la défiance s'était mue en vigilance. L'homme, sans toujours rien noter, acheva l'appel avant de fixer le fin observateur.

— Les absents, ça ne compte pas.

Rehaussant ses yeux et tout son corps sur l'estrade, il demanda de sortir feuilles et stylos, puis, provoquant un soulèvement instantané de protestation, prononça comme une sentence le mot « dictée ». Les mots qui suivirent formèrent entre de multiples virgules prononcées une seule longue phrase dont, quand vint le point, nous fûmes presque convalescents. Cette dictée qui s'annonçait rude s'arrêta là. Une fois les feuilles ramassées, le professeur nous dit en avoir assez pour aujourd'hui. Il n'avait pas fait cours, mais connaissance.

*

Quand il était seul et entendait l'interphone insister, Olivier se faisait une mission de se rendre tout au bout du couloir et d'ouvrir à qui, rentrant du collège, avait perdu ou oublié ses clefs. Il fallait alors attendre de longues minutes à la porte de l'immeuble puis, trois étages plus haut, à celle, entrouverte, de l'appartement, le temps que le claquement de sa canne sur le sol s'éloigne assez pour permettre enfin à l'arrivant d'entrer. Olivier, fermement accroché à son mince appui, se balançant dangereusement à chaque pas obtenu, pivotait alors autant qu'il le pouvait pour voir qui avait rejoint son silence, puis poursuivait, essoufflé, souriant d'avoir pu aider.

*

Le cours suivant, il y eut une correction. Pas de notation. La dictée n'avait servi qu'à établir un diagnostic. Il y avait, face au professeur, une trentaine d'élèves et, selon lui, non pas une, mais trois classes.

La première se composait d'un petit nombre – dont j'étais – qui se débrouillait à peu près.

La deuxième – écrasante majorité – bredouillait.

Les autres, enfin, étaient quasi analphabètes.

Or, prévenait-il, plus on était dépourvu, plus on le subirait. Il incarnait l'injustice sur l'injustice. La poisse.

Aussi, à chaque fin d'heure, les pires étaient-ils encore tenus de rester.

— On a fini ! On est pas obligés ! On se casse !

Ce à quoi l'homme grommelait que nul n'était en effet obligé, mais tenu.

Alors, il quittait la littérature et l'estrade pour se pencher sur les divers fronts de sa guerre où il était, ici, question de former des phrases ; là, des mots ; là encore, des lettres.

*

Plus tard, dans les couloirs de l'immense bâtiment, on se rendit à temps devant une autre classe qui se vidait. Tout premier cours de mathématiques. Là, sur une chaise, un gros monsieur haletant, hagard, survivant d'une tempête. Tempête qui n'était pas nous, ou pas encore nous. Il faut dire, tandis qu'il nous convia d'un geste, qu'à notre tour, nous en faisions déjà trop, du bruit. Nous lui en étions.

Une salve de plus. Salve de nuisance. Tables et chaises faisaient dans le tumulte un chaos où tous s'interpellaient, se parlaient, au mépris d'autour, qui s'encombrait. Lui, sur l'estrade, semblait absent, à peine spectateur. Ses petits yeux plissés dans du gras en sueur étaient piqués par des sursauts de fureur muette. Et voilà enfin que, prenant son souffle, il gâcha un « asseyez-vous ! », puis, sans attendre, vint au premier debout, posa ses larges mains sur ses petites épaules, l'assit de force. Autour, on s'étonna, s'esclaffa et, enfin, s'assit. Mais l'homme, en colère, comme aveuglé, gueulait encore, gesticulant, menaçant, essoufflé, acculé, persécuté. Ça riait alors de plus belle, de toutes ces voix dont il semblait sur le point d'exploser.

— Asseyez-vous !

S'égosilla-t-il à nouveau, pour rien, alors que tout le monde ou presque était assis. Il s'empara d'une table qu'il renversa, se saisit d'une craie qu'il jeta dans la masse et qu'à l'autre bout de la classe, une fille se prit de plein fouet dans l'œil. La victime en pleurs et le coupable en crise quittèrent la pièce. Ni l'un ni l'autre ne nous revinrent jamais.

*

Joggings, baskets, casquettes et, dessus, les deux trois marques qui vont avec. C'est – à ces deux, trois détails près – un même uniforme que tous revêtent, sans trop le savoir. Il en est de même pour la langue commune. Des syllabes qu'on inverse aux mots qu'on invente, la parole est aussi rapide à se faire qu'à se défaire. Cascade phonétique. Ça nique les mères, les grands-mères et, surtout, les races. Éclaboussures.

Et moi, là-dedans, à contre-courant, m'y refusant. Je pourrais m'y mettre et, comme tout le monde, suivre le cours du verlan, m'y conformer, m'y fondre. La tentation est grande. Mais non. Ce parler leur est une norme. La norme m'est répulsive. Je serai donc plus différent que jamais et, plus que jamais, à l'aise. Je me trouve, dans la langue qu'ils refusent, mieux qu'un rempart ou qu'un refuge. Je force mes liaisons, m'oblige à des négations et, quand on me parle, dis plus de mots que j'en connais.

— Eh, le poète !
Me nomme-t-on, du fait des phrases.

*

Dans les couloirs, on vous « chiquette » soudain l'arrière du crâne, et part en courant. Celui qui fuit s'en prend aussi, des pichenettes, des claques, des croche-pattes, peu après, tôt ou tard, au passage, par surprise, tout le monde est attaqué, tout le monde est vengé. Béquilles, chiquettes, balayettes, les assauts ont des petits noms. Il n'y a pas vraiment de coups, ni même d'agressivité ; l'humiliation se dissout à l'état de jeu. Pas non plus d'affront qui tienne. Seulement une ambiance faite de provocation, de heurts bénins, d'insultes et de ricanements. Alors, on surveille ses arrières, se façonne une vigilance, un sourire.

À la longue, on ne se laisse plus surprendre. Ou plutôt si, encore, inévitablement, mais sans plus s'étonner. On se vexe sans se blesser.

À l'occasion, dans la vaste cour, ça tourne soudain à la bataille. Des centaines de gosses jouent à l'émeute. Ruée de tout le monde sur tout le monde, animée par une urgence que chacun ignore mais que chacun fuit ou rejoint irrésistiblement, à toutes jambes.

— Baston générale !

Dans la ruée, ça frappe qui vient. Pas méchamment. Le sourire aux lèvres, la foule s'écrie, s'entrechoque, exulte. Au cœur des coups, toujours une seule vraie bagarre. Nœud d'acharnés, parfois en sang. Souvent les mêmes. Chacun les connaît de vue et de nom, chacun les redoute. Ceux-là font et défont l'ambiance, jusqu'en dehors. Séparés par les surveillants de leurs victimes étranglées, ils se parquent toujours devant le collège, fument, crachent, insultent, rackettent, tabassent...

L'un d'eux, enfant, dans un parc, a même un jour lapidé un vieux, comme ça, au hasard. Peut-être pour voir ce que ça fait, un vieux, quand ça saigne. Après une caillasse de trop en pleine face, le vieux — comme mort — fut brancardé par les pompiers. Cette « presque mort » est à l'assaillant, depuis lors, une médaille.

Un autre, plus récemment, a une fois répondu à un mauvais regard par un coup de couteau. Des policiers, dans la cour pour quelques semaines, se sont ajoutés aux surveillants. *Se faire planter* est, ici, une chose qui arrive.

En amont du sang qui coule, il y a souvent des nuisibles. Les « petits frères », pas beaucoup plus petits que quiconque mais reconnaissables à leur aplomb. Ceux-là, même seuls, ont l'insulte méchante et le crachat facile. Ils ne sont seuls qu'a priori. Il revient de les connaître et, le cas échéant, de se contenir ; sous peine d'avoir affaire à plus grand, à plus nombreux. Qui leur répond, même d'un geste ou d'un mot, est tout de suite identifié, puis attendu à la sortie. Dans son dos, partout, jusque sur son passage, le prénom de la cible se répand alors dans la foule qui chuchote.

— Je l'aimais pas, ce bâtard...

Une fille, dans le couloir, va jusqu'à évoquer le malheureux au passé. Cette fille est elle aussi connue de vue et de nom, quoique plus durablement, comme toutes celles qui traînent trop près des mauvais.

De loin, on les remarque à leur coquetterie spéciale, économe en tissu, dépensière en parfum et en maquillage. De près, sous le fard, une pâleur d'enfant grumeleuse de boutons mal ensevelis. Il y a autant de défiance dans leurs gestes que dans leurs yeux. Quand les gars ne les insultent pas, ne les giflent pas ou ne leur tirent pas les cheveux, elles se les tirent les unes aux autres et, par poignées, se les arrachent. Brutale, farouche, agressive, leur hargne est proportionnelle à leur soumission. Autour, la horde masculine les brutalise, les rejette, les méprise et, ainsi même, les détient.

Parmi elles, certaines sont celles de certains et, dit-on, celles de tous. On se les partage. On fait tourner.

Un sombre recoin d'escalier couvert d'inscriptions, jonché de mégots et de préservatifs usagés contient mal, derrière une porte en métal, toute la rumeur dont on les couvre.

Il ne faut regarder aucune de ces filles. Quant à leurs détenteurs, il ne faut ni les regarder ni trop baisser les yeux. Il ne faut rien leur être.

D'ÉPAIS CHEVEUX NOIRS tombent sur un manteau noir qui, plus qu'un vêtement, est une forme. Un petit cylindre large duquel ne dépassent ni mains ni pieds et sur lequel est posé un visage rond et blanc. Là, un nez immense sépare deux yeux infimes. Les lèvres pincées ne savent que sourire et susurrer. Voix et regard sont d'une douceur sans âge. La dame n'est vieille que probablement. Cette demoiselle – ainsi qu'elle se faisait appeler – ne mit dans nos bouches jamais rien d'allemand que les pâtisseries qu'elle nous apportait à l'occasion et, dans nos oreilles et devant nos yeux, qu'un seul et même vieux film de vampires dont, pure comme elle l'était, elle seule ignorait le pendant érotique. Hors des dégustations et des projections, l'allemand flottait à l'état de projet, d'évocation, puis se dissipait complètement. La bonté de notre hôte était une cécité à la faveur de laquelle elle croyait notre petit groupe sérieux et méritant, jusqu'à l'en féliciter. Or, nous n'étions appliqués qu'à discuter, en français. Mes trois camarades, toutes des filles plutôt calmes, se découvraient même par contraste, devant tant de permissivité et de candeur, des malices dont nous riions tous. Comme rien d'allusif ne lui parvenait, mademoiselle riait alors avec nous de bon cœur et, sans le savoir, d'elle-même. Elle ne se rappelait à son enseignement que par moments, puis l'oubliait aussitôt dans l'incessant flot de digressions dont notre petit comité, des heures durant, avait la ressource. Sans plus de programme ou de matière, le délitement de l'instruction jouissait ici d'une alcôve privilégiée. En marge du tumulte, le délitement est une paix.

*

Cette paix, ailleurs, était en fête. Heures bruyantes où le bruit, enfin, n'était plus un problème. La dérive y était à son apogée, à son aise. On nous donnait à gribouiller, à peindre, à modeler, à coller... Rien de sérieux, rien de contraint. Seulement de quoi s'occuper les mains, les yeux, et voguer. Levant le nez d'une feuille barbouillée, ma fatigue confinait à l'ahurissement ; l'ahurissement à la grâce. Tandis que la nuit tombait à toutes les fenêtres, les trop longues journées finissaient en un vacarme devenu propice. Un moment si diffus, si respirable que, sans encore d'affinité pour l'art, je m'en fantasmais distraitement une vie. Une vie flottante.

*

Deux ans s'écoulèrent ainsi. La faillite du collège me convenait. Tout en moi l'épousait. La plupart des professeurs, plus ou moins efficacement autoritaires, ne s'en tenant qu'aux programmes, les déroulaient à plaisir, à vide. Nul n'avait d'attente.

Par ailleurs, ma classe, plus qu'un groupe, était une circonstance embrassante. Une bienveillance tacite, unanime, n'y laissait personne seul. Ma classe avait l'instinct familier de mon quartier, sa polychromie, son avenance. Pur instinct encore enfantin et léger au gré duquel nul n'était exclu ou jugé, mais charrié.

*

Le vieux professeur de français, subitement, se taisait et, sans attendre, descendait à nous. L'estrade restait à la littérature. Bien que le calme s'effritait alors un peu, il restait du respect dans l'air. De même qu'un seul livre d'aventures avait supplanté tout programme, la salle de classe s'était quant à elle mue en atelier. Un maître austère y veillait à la matière dont il avait le savoir-faire et la charge. Irrité, éprouvé, corvéable, il traînait la chaise dans les allées pour s'asseoir auprès de qui en avait besoin. Parmi nous, au plus près, le temps était toujours venu pour lui de fournir le vocabulaire, d'éclairer le sens des phrases, leur mécanique. L'homme ne donnait toutefois jamais à analyser, mais à entendre. Ne jugeant ni ne blâmant les lacunes, il les comblait au passage. Partout, il y avait urgence.

Sa peau ayant à force de décades développé une allergie à la craie, il envoyait écrire pour lui au tableau.

Nous ne lui connaissions qu'une minuscule écriture rouge et vive dont les feuilles que nous lui rendions revenaient toujours envahies. Il semblait à cette prolifération qu'il passait plus de temps à nous relire que nous en passions à écrire. Chaque mot qu'il barrait était par ses soins réécrit en toutes lettres, correctement.

Le fond, par ailleurs, lui importait au moins autant que la forme. Ces deux aspects lui étaient indistincts. Rien chez lui ne distinguait langue et pensée. Et alors que nous ne disposions ni de l'une ni de l'autre – lus, nous nous sentions écoutés. Des remarques et des interrogations conversaient dans les marges avec nos écrits les plus inconsistants. Les audaces y étaient relevées, interrogées et, ainsi même, encouragées. En dehors du rite immuable des dictées et des nombreux exercices de conjugaison et de grammaire – hygiène technique – le tout était de ressentir la parole, de s'en saisir.

Saisissement que même les plus rétifs sentirent s'opérer, contre leur gré. L'homme cependant ne s'était, auprès d'eux comme auprès de quiconque, jamais rendu aimable. Il y avait du harcèlement dans son exigence, de la violence dans les incendies de sa colère. Rudesse venue d'un temps qui n'était que sien et au regard duquel les insultes dont on se faisait ici un langage n'étaient que des piaillements inaudibles.

*

Le dernier jour venu nous endeuilla. Des mots de regret échappèrent aux plus hostiles. Si aucun compliment ni aucun reproche n'atteignaient ni ne venaient de cet homme et que rien d'autre qu'une rage insoluble ne semblait sourdre de ses yeux, chacun y avait cru surprendre un reflet de confiance.

ALORS QU'ÉMILE s'apprêtait à son tour à entrer au collège, notre mère refusa de le voir intégrer celui que nous avions tous fréquenté. Elle avait en vue un petit établissement privé dont elle connaissait le directeur, celui-ci ayant été en charge des années plus tôt de notre école élémentaire. Alors qu'il me restait encore deux ans de collège à effectuer, elle tint à m'inclure au projet.

En proche banlieue, cet établissement attenant non plus au périphérique mais à un pont de voie ferrée était composé de petits bâtiments austères dont le seul noble était celui de l'administration. Ce dernier disposait même d'une chapelle. Il y flottait une odeur de vieux bois et de poussière. Le grincement d'un escalier étroit et courbe menait au bureau de la direction. Nous y ayant entendus monter, le directeur nous attendait sur le pas de la porte, souriant.

Cette pièce était de celles auxquelles le jour ne peut rien. L'été y butait aux fenêtres. Une pénombre indifférente aux saisons y possédait jusqu'aux meubles. Alors que ma mère fut conviée au bureau, Émile et moi fûmes invités à nous asseoir à l'entrée de la pièce sur un sofa. Depuis cette place de choix, nous assistâmes à un curieux spectacle dont nous ne tardâmes pas à comprendre que nous étions le thème et l'enjeu.

Notre mère se rappela à haute voix au gré d'une nostalgie sincère, presque rêveuse, les années que nous avions si sagement passées dans notre école élémentaire, de classe en classe, à accumuler les bonnes notes. Elle regretta au passage d'avoir si souvent eu du mal à payer les frais de scolarité. Mais il y avait à ces manquements une circonstance atténuante : l'alcoolisme de notre père.

Aujourd'hui, soufflait-elle, la situation était cependant bien différente. Pas plus gaie, non. Mais plus stable. Ce père avait été si dévasté par la mort de sa mère qu'il avait encore un peu plus sombré et avait failli mourir d'un accident vasculaire cérébral, puis d'un second. Ayant survécu de peu, il nous était revenu sévèrement handicapé et vivait désormais parmi nous, où elle s'en occupait, ainsi que des modestes dépenses du foyer. Il avait en effet malheureusement fallu en arriver là pour, sous la surveillance de l'État, reprendre le contrôle des comptes et pour tant bien que mal pourvoir aux besoins de ses enfants, dont aucun par ailleurs ne déméritait. L'aîné était devenu responsable de boutique dans l'une des plus grandes enseignes de luxe parisiennes. Edgar, non sans peine, s'était quant à lui, malgré ce qu'elle appelait son « handicap », vaillamment maintenu dans le cursus scolaire normal.

Arthur, lui, ne cessait de travailler à la réussite qui l'avait mené de l'un des pires collèges de France à un respectable lycée de Paris. Quant à moi, ici présent, je n'avais pas la même chance. L'injuste loi des secteurs qui régissait l'enseignement public m'obligeait en dépit de résultats honorables à demeurer dans un collège médiocre et malfamé. Cette situation, si elle se prolongeait, risquait de me nuire. Ce risque lui étant intolérable, elle ne souhaitait pas qu'Émile, à son tour, y fût exposé. Il nous fallait une structure digne, une institution sûre et exigeante à laquelle confier la suite d'une scolarité qui, dès les petites classes, s'était montrée si prometteuse et qu'il eût été si tragique de saboter.

Or, qui de mieux justement pour comprendre cela que le directeur de notre première école ?

L'homme, dont les yeux plissés allaient furtivement de notre mère, dissertant, à nous, muets, était en tout point conforme au souvenir que nous avions de lui. Impression troublante. Car si les grandes personnes, à l'aune de l'adolescence, avaient toutes pris à nos yeux leurs tailles adultes, c'est-à-dire taille humaine, cet homme-là restait immense. À croire que le temps n'atteint pas les géants. Le visage aussi était intact, tout empreint de cette indéfectible cordialité qui ressemble à s'y méprendre à de la jovialité, presque à de la bonté. Sur ce fier visage, un sourire présidait. Le genre de sourire capable par exemple de refuser avec la juste dose de fermeté, de détachement et de compassion, l'accès à la cantine à des écoliers. Or, bien que modeste, le collège auquel notre mère prétendait aujourd'hui à nous inscrire n'était pas non plus dans nos moyens. Face à face, les deux interlocuteurs le savaient bien.

Alors que le silence de la pièce était encore tout empli du déroulé de nos vies, notre mère embraya sur le présent. Elle avait, loin en amont du rendez-vous, beaucoup réfléchi. La situation lui avait d'abord semblé inextricable, pour ne pas dire désespérée. De cette rude réflexion, avait cependant émergé un possible compromis qu'après une profonde inspiration, elle exposa. Ne pouvant pas assumer la totalité des frais qu'engendreraient deux inscriptions et ne pouvant pas non plus sacrifier un enfant pour un autre, notre mère en était arrivée à la conclusion que deux bons élèves discrets n'occupent pas plus de place qu'un mauvais élève remuant. Au regard de cette vérité indéniable, il semblait alors juste, presque évident, de nous inscrire tous deux pour le prix d'un. Après nous avoir contextualisés, puis vantés, voilà qu'elle nous marchandait.

— Mais, chère madame... vous me demandez l'impossible, pardonnez-moi. Les prix sont les prix...
— Oui, je ne dis pas le contraire. Mais si les prix se valent, vous savez bien que tous les élèves, eux, ne se valent pas. Ceux-là ne vous décevront pas...

Ces deux visions se heurtèrent encore de longues minutes. Celle du directeur était, à son image, monolithique, cordiale et indéfectiblement souriante.

L'autre, subtile, fragile, émue, virtuose, abondante, s'emparait avec tact du temps et du silence.

L'homme, noyé dans un flot de sentiments tournés en arguments, nous regardait de plus en plus vivement quand enfin son sourire flancha comme s'écroule un barrage, dans un soupir résigné.

Chez certains, la bonté commence où le sourire cesse. L'offre fut acceptée.

ÇA VOUS PREND DE L'INTÉRIEUR et, de là, vous enlève à vous-même, vous déforme, vous empoisse. Avec cette impression qui vous serre la gorge d'avoir été jeté dans le monde, sans préavis, corps frêle grandissant, pris de toutes parts de confusion et de poils. La voix s'enroue au sortir. On se maudit comme on s'advient. Ahuri. Étranger. Autrement vivant.

Tandis que tout moi se prend à croître, je me courbe, mes épaules s'écroulent, la tête enfouie loin dedans. Malaise. Je ne cours plus, ne marche plus, mais piétine. Il y a de la détresse à venir, et autant à la traîne. La cervelle déborde de bouillir, pas de penser.

C'est tout ce sentiment que, de bon matin, je trimballe, barbouillé, traqué, farouche. Je redoute déjà l'autre. Les filles au centre. Mon silence en bégaie. Elles sont l'autre, par excellence. Terrifiantes.

De mon cerveau à l'entrejambe, toutes mes veines en exigent, d'elles. Appétit cruel pour l'inenvisageable dont, pris sur le fait, je détourne l'esprit comme les yeux, penaud, minable, inadéquat, avec en tête un *encore* infini de cette chair devinée qui se meut dans l'hypothèse et hérisse jusqu'à ma peau grasse, boutonneuse, humiliée d'envie.

La chair est la substance urgente du mirage dont je délire et me constitue. La chair, constamment, se veut, s'obsède, et meurtrit jusque dans les rêves, jusque sur le chemin. Les idées tentent vainement d'exister à l'occasion dans quelques recoins vacants du crâne. Ça croit viser l'existence mais ne va même pas jusqu'à la vie. Ça décrète, ça prétend, ça voudrait se venger d'être. Mais les certitudes sont des symptômes du doute. Les mots ne font que diversion et s'avortent quand voilà, au bout de la rue, la destination redoutée. Bientôt l'heure. Foule d'autres qui piaille. Leur matin en partage. Ils sont ma crainte. Ma crainte est nombreuse, bruyante, de mon âge, et s'agglutine à la porte du collège où, déjà, à contrecœur battant, je m'enferme avec tous.

Parmi eux, je voudrais reculer, n'avance qu'à défaut de disparaître. Dans l'enceinte de la cour, je longe les murs, m'y adosse. Indemne encore d'autrui qui m'ignore dans sa liesse, sa foulée, je me retranche tête basse dans les œillères de mes cheveux gras et ballants. Mes yeux se concentrent sur une portion de sol, à mes pieds. Je voudrais croire en ce goudron granuleux comme en une zone de lune apaisée, vide d'eux et de moi.

Les autres, à les omettre, me sont, à l'état de vacarme pullulant, presque lointains. Seuls les rires éclatent jusqu'à moi en provenance d'une incessante moquerie probable dont je me lapide et guéris mal, en silence. Il faut que je pense à autre chose ou à rien, intensément. M'épargner, m'abstraire, attendre comme le salut le début des cours. Mon silence, alors, rejoindra en rang celui auquel ils seront obligés. Là encore, mon regard fuira les regards sur une portion de table ou de feuille à noircir. Je n'entendrai, tour à tour, cours après cours, que des informations inertes se déverser dans des chuchotements.

Je redoute qu'on m'interpelle. Il y a les grandes gueules, les studieuses, les discrètes et, au-dessus, en enfilade, les leçons. Longs pans de mots creux flottant dans les heures, en grand un, petit un, petit deux, à la dérive. Je gribouillerai et voguerai dans ma tête, autant que possible, interrompu seulement par l'impératif dont se double l'ennui, avec ses échéances, ses notes, ses sanctions qui planent. Vagues menaces sur le temps long.

Aux fenêtres, un arbre changera entre-temps d'épaisseur, de couleur. Pour notre bien et notre avenir, tout dehors se confisque. Je tendrai le peu de tympan nécessaire à la restitution par bribes d'une leçon proférée qu'ils croiront alors vaguement entendue. À peine de quoi se maintenir à la surface de leur moyenne. Et tandis qu'en maniaques, à la virgule près, ils compteront leurs points, tamponneront leurs bulletins, ne plus compter soi-même que sur le temps pour sortir de là.

Mais voilà que dans la cour, après de nombreuses semaines reclus en moi, sans personne, parmi personne, je vois un autre, à l'approche. D'autres encore, au recul, le regardent m'arriver.

— Salut ! Ça va ? Comment tu t'appelles déjà ?

Je me racle la gorge et réponds de cette voix tremblante qui m'est chaque fois un peu plus étrangère. Je prends sur moi.

— Ah oui, c'est vrai, me dit-il.
En fait, on se demandait…
T'es une fille ou un garçon ?

Ça s'esclaffe encore au recul.

La plupart du temps est invivable. En avoir de jour en jour, de minute en minute, la sensation, le sentiment, puis la conviction. Ne s'opposer, de tout soi, que mentalement. En somme, daigner. Le désarroi prendra ses habitudes, s'insinuera au plus profond de l'être, jusqu'en surface. J'en ai des croûtes dans la tête. Mon cuir chevelu se dessèche, craquelle et révèle par parcelles mon crâne à vif. Mes longs cheveux s'arrachent par mottes, par la racine. Je m'émiette. Le délitement gagne l'arrière de mes oreilles, puis les recouvre. La vie, lèpre purulente et bénigne, s'en prend à moi.

En retour, je hais ce corps, le méprise, le néglige. Je ne le nourris qu'à le gaver, ne le lave que rarement, l'habite à mes dépens. Entre deux éveils contraints, tout habillé, mon corps s'endort de lui-même.

Mais être.

En mots comme en présence, comme vivant.

Sans cesse, obstinément.

J'ai, dans le crâne, du verbe au lieu des neurones.

Le verbe, sur tout, m'est un souffle.

Un souffle permanent que j'écris à l'occasion. Vertige absorbant dont je reviens farouche, cœur battant.

Lire, cependant, serait devoir mes mots à d'autres. Je ne veux devoir mon souffle à personne. Lire serait fondre ce souffle dans le vaste, l'y perdre. Je me refuse à cette communion et fais de ce refus une loi. À ainsi contraindre mon essor, je pense le saisir, le protéger, le détenir. Je jure fidélité à cette hérésie et — loyal — épouse ma méprise.

Les mots, toutefois, sont partout. J'en suis avide. Il n'en est pas d'indifférent. Si mon regard fuit les regards, mes oreilles, elles, sont à l'affût. Aucun mot, à la ronde, ne leur échappe. Mon cerveau affamé s'en saisit et exulte.

Mes yeux se jettent sur toute enseigne, toute inscription, toute étiquette. J'ai beau ne rien vouloir, mes yeux veulent lire. Comme chaque mot lu ou pensé appelle un monde fortuit, en cascade, je divague à l'infini.

Parfois, les mots chantent d'eux-mêmes. Parfois, ils discourent, prétendent, dénigrent... Mais, dans le fluide verbal, la pensée est un grumeau de passage.

Les phrases, seules, sont en puissance. Au secret de mon crâne, leur mouvance est mon état.

*

Mon premier collège avait été un bain de provocations et de pichenettes, une cohue surexcitée d'insultes au cœur de laquelle j'avais pu compter sur les réflexes que tout un chacun développe dans une fratrie. J'avais, à ce jeu, affûté ma repartie, jusqu'à m'aguerrir.

Depuis mon arrivée dans ce nouvel établissement, ne me sentant plus l'âme de parler, je n'ai plus cœur à me défendre, plus de voix.

L'attaque, ici, est moins joueuse. Il ne s'agit plus de bousculade ou de provocation. Dans les couloirs, ça chuchote plus que ça dit. C'est l'âme acide du groupe et, partout, ces regards en coin, ces rires sous mains, mille rumeurs propagées. L'hostilité, ici, ne frappe personne, mais se respire.

Émile, par ailleurs, est, en cette enceinte, très loin de moi. Il évolue avec ses semblables. Des enfants.

Je lui ai donné pour consigne de ne jamais venir à moi. Consigne respectée jusqu'à l'oubli. De temps en temps, quand, dos au mur de la cour, mes yeux décollent du sol et que je le surprends à courir et à rire parmi la liesse, Émile m'est lointain, étranger. Il n'est, à distance, plus même à portée de jalousie. Pour la première fois de ma vie, bien que tout s'y prêterait, je ne l'envie pas. Au fond de mon silence, une infime portion de moi se surprend même à être heureuse. Heureuse pour lui.

*

Sur le chemin du retour, je me revois sans nostalgie, quelques mois plus tôt, plus entouré, plus joueur, plus enfant. Le gosse qu'on surnommait *le poète* s'est, en une salve de mois, évaporé avec son surnom.

N'en reste pas une trace. Je suis subitement passé du lyrisme au mutisme. À treize ans, aucun âge ne me va plus. Je ne me sens pas d'être, moins encore d'être homme. En dépit d'un visage trop long et trop fin, de ces cheveux et de ces petits seins pointus qui lui poussent, mon corps n'est pourtant pas tout à fait androgyne. Mais non. Si mon corps a bien un sexe, pour ma part, je ne m'en connais aucun. La torpeur n'a ni sexe ni avenir. Or, ce sexe obsédé, obsédant, dispose quand ça lui prend de toutes mes pensées, de mon imaginaire et de moi. À l'occasion, soulageant momentanément l'organe et ses urgences, j'y cède. La vie se réclame. Je m'en acquitte.

Mais, du fond d'elle-même, jour et nuit, l'excitation se nourrit, se frustre et revient en force, en frénésie, encore. Ma chair se dédie en va-et-vient à la chair qu'elle s'invente. La cervelle peine à suivre. De cette liesse imaginaire, de ces innombrables coïts avec rien, n'aboutit qu'un tressaillement dont je reviens chaque fois plus vain que jamais, reprenant mon souffle dans une criante absence d'osmose, un redoublement de solitude.

*

N'étant, au dehors du foyer, familier de personne ni moins encore ami de quiconque, j'ai le sentiment aigu d'être une usurpation, à peine un être. Je suis par ailleurs, au-dedans, de moins en moins fils et moins frère. Mon père n'ayant pas plus que moi le sentiment de notre filiation, je suis seulement fils de ma mère. Or, ma mère n'ayant d'yeux que pour les enfants, ne plus être enfant, c'est ne plus tout à fait lui être. Son mépris est criant, palpable. À ses yeux, j'ai déjà raté ma vie.

Je suis égoïste, fainéant, inconséquent, timide, faible... Je ne trouverai jamais ni fille ni succès. Je suis passé de brillant à terne ; de prometteur à orgueilleux. Ses mots répétés pénètrent ma pensée et, à force, m'y définissent, m'y ravagent.

De même, ma nature de frère perd elle aussi de sa consistance. Notre *nous*, ce nous si instinctif au sein duquel j'ai grandi peut dorénavant étrangement être vu par chacun comme de l'extérieur.

Il y a entre Arthur et moi les mêmes deux ans qu'entre moi et Émile. Ces deux ans se sont mus de part et d'autre de ma personne en éternités infranchissables, en douves.

Seul Edgar et moi, que trois ans séparent pourtant, partageons — derrière le mur qui nous isole de tout — encore quelque chose. Une même pénombre hermétique. Une réclusion. Derrière les stores doublés par nos soins de vieux duvets utilisés comme rideaux, le jour nous cerne ; phénomène dommageable dont nous nous protégeons. Ainsi barricadés, séquestrés volontaires, nous nous découvrons un fort penchant pour la distraction. Seule esquive possible. Esquive du présent.

Edgar aime les fictions télévisées. Sans les aimer, j'aime pour ma part au moins autant que lui m'en abrutir. Plus nous regardons l'écran, moins nous sommes.

Jusque loin dans la nuit, nos dérives convergent. Yeux piquants, bouches béantes, cervelles comateuses, nous lessivons nos consciences et, des heures durant, les réduisons à néant.

*

Dès les premières secondes du matin, sur le chemin urgent des toilettes, je fais un détour de quelques pas pour allumer l'écran. Ainsi, sans perdre un instant, j'entends outre la cascade d'urine le son familier qui parlotte. D'une pièce à l'autre, depuis le couloir, et depuis la cuisine où je me remplis un bol, mon oreille localise le bruissement continu que – déjà – je rejoins du corps et des yeux. Quelle que soit l'image, je regarde aussi intensément que j'écoute. Je m'y ventouse. Tandis que je me nourris à l'aveugle, à grandes cuillerées, mes yeux et oreilles avides, seuls éveillés, s'abreuvent de tout ce qui vient. Dans l'écran, ça croit parler, chanter, rire... Ça ne fait encore que remuer. Rien ne se dit. Mes pupilles se portent sur des détails fixes ou mouvants, des bouts de visages, de phrases... L'image s'écoule en sursauts. Toutes mes heures y passeraient.

Il y a cependant dans l'aube alentour des choses moins solubles que les heures : des horaires.

Je rechigne malgré ça, le plus longtemps possible, à éteindre l'écran. Quoi qu'il s'y passe, mes yeux n'en démordent pas.

Mais voilà que, m'y résolvant, j'éteins l'image et me jette dans le petit matin frais.

Les mêmes rues, en toute saison, y mènent droit à la même contrainte. Les jours ne mènent nulle part.

Allant à contrecœur et à grandes enjambées de l'écran à l'obligation, de l'ahurissement à la corvée, je me forge une servilité. Je m'y fais.

*

Dès mon retour, j'allume l'écran et, la tête la première, tombe dans l'immédiat. L'humour se réduit à la moquerie. Le débat, quand ça lui prend, se fait appeler « polémique ». Mot sophistiqué appliqué à cette activité sans consistance. Ça croit débattre. Ça se débat. Cascade abjecte, boue d'opinions où le conflit se plaît à gesticuler, à se perpétuer, à bruire. L'actualité est une incontinence dont on se dispute les déjections. Huées et applaudissements, humiliations et ovations cadencent le tout, le rien. Tandis que le bruit remplace la pensée, le futile se change en système, en mentalité, en époque.

Jugeant, j'adhère. Le regard, à force de mépriser, s'englue, des heures durant. Les yeux avides, la cervelle spongieuse, affalé dans des sursauts de lueur vaine, je me noie. Assidûment.

*

Je voudrais haïr la vie, mais en suis affamé. Ma cervelle génère une pensée dont je suis incapable. Mes yeux ont faim d'un monde dont j'ai horreur. Mon corps, enfin, désire ce que je crains le plus. Il désire l'autre.

Dès que je peux, je me gave d'images et de nourriture. Je fais diversion jusqu'à écœurement. Et quand manger et voir sont comblés, quelque chose en moi crie toujours.

Où elle palpite, la vie s'exige. La vie est son urgence. Urgence qui emprunte toutes mes veines, prend forme, corps, sexe, jusqu'à ce que l'autre soit là, nu, juste derrière mes yeux. Sa nudité a une cambrure, une épaisseur, des plis, des recoins. Ce corps a beau n'être que mental, exister lui va mieux qu'à moi. La seule manière d'évacuer la vision sera d'y croire, d'y céder. Tout en moi y tend. Mes sens et ma main, frénétiquement, se le rêvent, se le créent, cet autre corps dont le mien s'excite et se persuade. Lèvres, chaleur et moiteur pourchassées se donnent presque à sentir, à frissonner, à étreindre. Peu m'importera bientôt que cette chair invoquée ne se touche que de l'âme. C'est une chair intense, de toute importance. Chair de l'urgence. Chair du possible. Corps en puissance dont le mien, crédule, obstiné, s'épuise jusque soudain.

Le souffle se suspend. Le vertige m'abrège.

L'ÉTÉ VENU, notre mère nous envoya pour une semaine chez sa sœur, son mari et leurs trois enfants. La maison, plus encore qu'en forêt, nous avait toujours semblé en fête. C'est bien là, n'ayant acheté que des murs, que notre oncle, épaulé par sa femme et parfois par une poignée d'amis et de grands cousins, l'avait en effet construite de ses mains des années durant, interrompu seulement par les débordements de la joie dont leur vie était pleine. Réunions familiales autant qu'amicales lors desquelles la maison, cernée d'un côté par des dizaines de voitures garées dans le jardin et, de l'autre, par un infini de végétation, s'ouvrait sur toutes ses faces. En débordaient jusque tard, entre autres convives enivrés, beaucoup d'enfants et de musique. La fumée qui dans le jardin avait cuit la viande se couplait jusqu'à l'aube à celle qui sortait de la cheminée. Signes expirants d'une nuit et d'une fête dûment consommées.

C'est donc à cette vision idéale qu'Arthur, Émile et moi nous rendons maintenant par ce train de banlieue, assistant du regard à la fin de la ville, puis à la fin des villes et, enfin, à celle de la banlieue. Le train, en dernier lieu, s'enfonce dans une forêt d'où des pavillons jaillissent par grappes avec, sur chaque quai, des maisonnettes pour gares et des pancartes aux obscurs noms de villages. Le trajet se termine au début des champs. De là à parler de campagne, non ; ou alors de campagne résidentielle, coquette à certains égards, peut-être même encore un peu citadine. Une campagne sans campagnards.

*

Reste à attendre face aux vaches qui paissent entre un parking et une route passante, la voiture de notre tante, que voilà. Sa voix vive nous invite à monter, nous salue, nous célèbre. Voix qui a les accents et le débit familiers de notre mère, avec un peu plus d'aigus et de tonus. Les questions et les remarques fusent, les sentiments s'expriment d'eux-mêmes, au passage, tandis qu'elle conduit à une allure qui est celle de sa parole et où elle trouve le temps de nous regarder d'un même regard omnipotent, dans tous les rétroviseurs. C'est — plus que dans une voiture — dans sa cadence, sa gaieté et son parfum qu'on embarque. Puis de là qu'on débarque, stimulés par mille sujets dont nous sommes.

L'oncle, lui, toujours penché dans un coin du jardin sur je ne sais quel bout de matière à résoudre, se redresse, s'essuyant les mains sur son jean et décrochant ses yeux vers nous. Son soupir enfumé se change alors en demi-sourire complice.

— Ah, v'là les Parigots !

Plaisante-t-il, sur un ton venu comme lui des plus proches abords de Paris.

Dans la gueulante environnante des coqs, la voix de notre tante exhorte nos cousins à venir nous saluer. Ils accourent, à leur allure. Allure mesurée, adolescente. À cette époque bouleversée de la vie, se retrouver revient chaque fois un peu à se rencontrer. Contenance farouche qui n'ôte rien à la joie des enfants que nous échouons à ne pas être. Un soupçon de retenue s'ajoute seulement aux regards et aux sourires qu'on tempère par jeu, par principe.

Charles, dans le genre, est le plus capable, le plus grand. Son détachement à lui est plus abouti. Un flegme souriant, une vraie attitude. Tout chez lui inspire le respect, à commencer par ses dix-sept ans auxquels s'ajoute l'impressionnante longueur de son corps, de ses cheveux, de son tee-shirt et de son ample pantalon sciemment troué. Il n'a pas encore tout à fait sa taille adulte, mais déjà une dégaine. Son regard fuyant s'en va d'ailleurs avec lui vers on ne sait quelle activité plus importante, interrompue.

Reste parmi nous, le modèle réduit, version agitée, rousse et joufflue. Même longueur de cheveux, de tee-shirt et de pantalon, mais rempli d'un corps plus bref, dodu, trépignant. Après s'être acquitté en guise de bise du

« check » dont Charles a montré l'exemple, Ferdinand rit de nous voir, nous pince, nous bouscule d'une joie brusque, hilare et d'emblée partagée.

Quant à Chloé, d'une rondeur semblable, elle nous regarde, nous posant des questions qui sont le prolongement de celles de sa mère, mais complétées par un rire sonore dont ses joues rougissent, non de timidité, mais d'émotion et de santé. Il faut ces quelques minutes à des regards novices pour se chercher, se fuir, se retrouver.

*

Si la maison n'est plus tout à fait aussi grande à nos yeux adolescents qu'elle le fut à nos yeux d'enfants, elle l'est encore, objectivement. Toute maison par ailleurs constitue à nos yeux définitivement citadins un objet à jamais inhabituel, lointain, presque exotique.

Celle-ci, en surplus de grandeur, s'entoure de vaste et de verdure. De quoi parachever le dépaysement.

À l'intérieur, meubles, lampes, rideaux, tons et couleurs conviennent sans faste, noblesse, ni ornement, d'une même élégance globale. Ces éléments, toujours neufs et – quoi que cela signifie – ergonomiques, se partagent l'espace avec parcimonie. Il s'agit moins d'ameublement ou de décoration que de composition. Une invitation à la convivialité et au confort. Une perfection de catalogue.

Au regard du chaos d'où mes frères et moi provenons, cette maison matérialise une sorte d'idéal domestique. Il lui suffit pour cela d'être lumineuse, spacieuse, propre, fonctionnelle, organisée. En un mot : hospitalière. Son luxe est là.

*

En regards, mots, gestes, sourires, Charles, Chloé et Ferdinand jouent constamment. Portée de chiots déchaînés se sautant dessus à la moindre occasion, hurlant, se mordant et — plus étonnant encore — s'embrassant, complices jusqu'à la frénésie, à la tendresse, à l'osmose.

À la vue de leur cohue, nous sourions d'abord, incrédules, puis éclatons par contagion de ce rire inexorable qui les meut, les essouffle. Leurs effusions nous sont des émanations de pure gaieté.

Fatigués de s'être en quelques minutes assaillis, débattus, vaincus, à bras-le-corps, les uns sur les autres à en pleurer de défoulement et de rire, ils reviendront peu à peu à eux-mêmes et à nous.

Ils nous raconteront toutes leurs désobéissances. Nous leur raconterons notre chaos. Émerveillement réciproque. Troc d'existences.

*

Le cercle d'une piscine gonflable. Poche d'éblouissement sous le ciel bleu. Odeurs de chlore et de caoutchouc chauffant au soleil. Quelques mètres cubes de fraîcheur relative. La petite chienne bondit sur le boudin d'air qui nous entoure, nous contient, y laissant une mitraille d'empreintes terreuses. La créature inquiète court à toute allure au pourtour de ce qu'elle croit être notre noyade. Aux aboiements réprobateurs, paniqués, succèdent des gémissements de plus en plus aigus, déchirés. Maintes fois, elle s'arrête et prépare fixement un plongeon auquel, maintes fois, elle renonce, reprenant alors son interminable tour du drame. Nous avons beau l'appeler, l'encourager à nous rejoindre, elle finit chaque fois par se dissuader de sauter, jusqu'à trouver, à la faveur d'un remous, une impulsion.

La gueule en surface, cherchant et trouvant l'air, battant l'eau de ses courtes pattes griffues et griffantes, l'animal ne démérite pas. S'il y a du rat dans ce chien, il y a de la loutre dans ce rat.

Il nous faudra cependant bientôt venir à sa rescousse, la poser sur le rebord où elle se secouera, puis reprendra son souffle et ses esprits. Ainsi serons-nous quittes.

*

Derrière la maison, un étroit escalier couvert de mousse monte une butte jusqu'à un palier où un ample sapin se contourne en sa senteur. Au secret de l'arbre et de tous les arbres, une petite cabane se planque en contrebas d'une forêt feuillue qui dévale le ciel en pente raide.

Derrière un grillage effondré de la largeur de l'endroit, les arbres, aussi droits que possible, contiennent cette pente de leurs racines. Les branches qui excèdent l'orée surplombent la cabane, la couvrent à demi de feuilles et d'ombre, la griffent du peu de vent dont tout frémit. Une porte grinçante se ferme et s'entrebâille d'elle-même sous la limite commune du ciel et de la forêt. Là, sous une branche à jamais nue, un carré de parpaings négligemment posé dans la terre contient une épaisse cendre blanche. Une odeur encore. Trois ou quatre rondins épars, autour, pour assises.

Ronde de jeunes visages rieurs, crépitant et parlant à l'exclusion d'autour. On pisse plus qu'on boit le peu d'alcool dont on est ivres. Un pas ou deux vous éloignent alors de la ronde hilare, vous rappellent ponctuellement au vaste alentour, ce mystère dense, à peine luisant de lune, où hurlent au loin les oiseaux de nuit et où, dans un mélange d'ivresse, d'euphorie et de nausée, se perdent lueur et gravité.

*

Beau, grand et fin, Charles a du style. La mode, cependant, ne lui importe pas. L'allure qu'il se donne lui est suggérée par tout ce que, jour et nuit, il écoute et joue passionnément. Les musiciens qu'il aime font corps avec lui. Leur musique l'habille. Cheveux longs, tee-shirts longs, pantalons longs, larges et tombants, composent une désinvolture à la fois étudiée et authentique. Ce style épouse un tempérament. Flottant dans ses vêtements comme dans son regard, Charles est un rêveur dont la rêverie confine à la nonchalance et à la virtuosité. Tout ce qui n'est pas sensible ou extrasensible lui est lointain, vain, négligeable. Ne sortant de sa réserve que pour sourire et faire sourire, son regard met tout le moment en liesse, en perspective. Charles laisse la parole à sa pensée. Rien n'y est ni un sujet ni un thème. La musique déborde sur le feu ; le feu, sur les astres. Buvant et fumant à l'excès, tout un chacun le dit « perché ». Il ne l'est cependant pas au sens commun. Le sensible, dans ses yeux, puis dans ses mots, est à nu. Son inspiration nous embarque avec lui jusqu'où tout n'est qu'éventuel, jusqu'où le doute tend au vertige. Nos rires dissipent in extremis le néant approché.

Reprenant sa guitare, c'est tout lui-même qu'il ressaisit alors. Ses longs doigts semblent y courir en toute liberté. Les cordes vibrent d'élargir l'instant. Se risquant à des accords inédits, Charles s'interrompt de temps à autre pour chercher dans l'air la note juste. Il fait sonner la nuit.

*

Charles est un jeune homme calme, svelte, au teint hâlé, aux joues creuses et aux cheveux châtains. Ferdinand un enfant dodu, joufflu, remuant, incontrôlable, au teint pâle et aux cheveux roux. Des cheveux longs donnent à Charles l'air d'un rockeur ; à Ferdinand, l'air d'un enfant aux cheveux longs. Alors que d'amples vêtements tombent et flottent sur Charles, Ferdinand, tendant au même effet, remplit quant à lui trop bien les siens pour qu'on y voie le début d'un style.

Les deux êtres a priori distincts en tout, se complètent à merveille. Buvant avidement ses mots, ses gestes, jusqu'à la moindre de ses expressions, Ferdinand colle aux pas et aux goûts de son frère. Ferdinand, pourtant dispersé et turbulent, a en effet pour Charles une attention sans limites. Et Charles, pour Ferdinand, plus de confiance qu'en lui-même.

Si, à tous égards, les deux êtres se distinguent l'un de l'autre, l'osmose est criante. Ferdinand aime les musiques que Charles aime. Il y a là plus qu'un mimétisme ou qu'une influence. Il y a convergence.

Charles vante à Ferdinand les mérites du batteur ou du bassiste, la subtilité d'un solo, l'audace d'un accord. Écoutant d'une même oreille, ils aiment du même amour. Gorgé d'entrain, Ferdinand, loin outre la musique, prolonge des siens les sentiments de son frère, et inversement.

Les frictions de leurs tempéraments sont une manière de jeu et d'équilibre ; leur entente, une transcendance complice.

Tout contraste mis à part, les deux frères ont un fond commun. Une fougue ardente. Le grand frère pensif et le petit frère explosif, bien que différemment vifs, le sont tous deux autant, et tous deux aussi imperméables l'un que l'autre aux notions d'autorité, de hiérarchie et d'obéissance. Les sanctions pleuvent autour d'eux. Jamais sur eux. Qu'il s'agisse de surveillants, d'éducateurs, de professeurs ou de policiers, les statuts leur apparaissent être des rôles que les uns et les autres aiment à se distribuer.

Chacun de son côté, Ferdinand et Charles, ne tenant pour vrai aucun masque, dévisagent et désarment d'un même regard les plus opiniâtres détenteurs de l'autorité. Manquant à toutes les règles établies, hormis à la politesse, ils se font un jeu de voir grimacer les plus placides et de sentir se nouer la gorge des plus solides.

Toutefois, bien qu'hostiles au cadre, ils n'ont pour quiconque aucune inimitié.

*

Si la nuit est à nous tous, l'aube n'est souvent qu'à Ferdinand et moi. Nous sommes alors les plus imprégnés d'alcool, mais les plus tenaces. Notre curiosité est avide. Balbutiant à l'infini, notre entrain nous survit, puis survit à la nuit. Émergeant de la pente, le même soleil jette dans nos yeux les ombres des arbres. Ombres striées d'éblouissement. Partout où l'astre perce, la rosée s'évapore en lumière. Comme l'air s'illumine, la lumière se respire. La gueulante précoce de quelques coqs insomniaques est rejointe par le chant de la multitude. Auprès des braises subsistantes qui ne nous réchauffent plus que les doigts, nos paupières tomberont bientôt d'elles-mêmes.

Notre déclin est comme le jour : frissonnant.

Au sol de la cabane, un mince rayon d'aube barre en diagonale un alignement de corps dormants où s'échouent les nôtres.

*

L'aube est notre soir.

Le zénith, notre matin.

Rugueux, terreux, humides, brûlants... Tout se ressent et commence sous nos pieds nus. On vit entre ombre et lumière, herbe mouillée et herbe sèche, horizon et forêt. De l'air à l'eau – plus encore que de température – on change de pesanteur. On alterne.

Il y a bien une maison au milieu. La maison est superflue. Dehors nous suffit. Le soleil qui nous sèche nous fait simultanément transpirer. Alors, à longueur de journée, on se trempe, se détrempe, s'allonge, plonge et barbotte jusqu'à l'hébétude, puis à la faim. Mais on n'attend jamais rien pour manger. On se goinfre et digère à toute heure. De l'appétit au délassement, du délassement à l'appétit, il n'y a que nous. Insatiables.

Quand on ne joue pas à se couler, à s'éclabousser, à parler ou à penser, on ne fait – intensément – rien. Aux clapotis de l'eau, rien ne se passe que les oiseaux. Les cimes bougent à peine. Même l'ennui ne se permet pas. Flotter est un mode de vie, une manière d'être. Il n'est plus d'heure qui tienne. Le temps, jusqu'au soir, passe de lui-même. Le ciel s'en empare.

*

Émile est parti au bout de la semaine prévue. Arthur, lui, est resté une semaine de plus.

Moi, tout l'été.

Ferdinand et moi, que nos tempéraments devraient opposer, nous découvrons un lien qui se fout des tempéraments.

Lui est intrépide ; moi, peureux. Il est étranger aux grandes opinions. Je m'en fais une collection et – pire – un discours. Nos vivacités, quelle que soit la direction qu'on leur donne, se retrouvent au carrefour d'un feu de joie où fume une tristesse encore furtive qui nous rapproche ; autant que les flammes.

À LA RENTRÉE, je me traîne différemment jusqu'aux portes du collège. Je m'y rends à une solitude diverse. Moi qui me croyais substantiellement seul, ne le suis plus que momentanément.

Mon mal-être s'est, au gré de l'été, rendu vivable. Il s'est de lui-même converti en dédain. Les jours que je passe au collège ne sont plus des jours atroces, mais des jours pesants. Des jours nuls.

Je me rends tous les week-ends dans ma seconde famille, ne vis plus que dans cette attente. Ne reste entre-temps sur mes épaules courbes que le passable poids des semaines. Même autrui ne me nuit plus. Je n'aspire à personne, nul n'aspire à moi. L'indifférence s'est équilibrée.

Et alors que cette dernière année de collège pourrait y passer tout entière, quelque chose advient. De cette classe à peu près identique à celle de l'année précédente, certains partent en cours d'année. Au gré de ces départs, un garçon se retrouve sans clan, sans ami. Afin de ne pas être seul et méprisé comme je le suis, il lui faut d'urgence quelqu'un de qui se rapprocher. Or, il n'y a que moi de disponible. Ainsi daigne-t-il s'asseoir à mes côtés et, à contrecœur, me parler. Comme il ne faut pas non plus qu'il donne — au risque de passer aux yeux des autres pour mon ami — l'impression d'une connivence, il distille un peu de mépris et de distance hautaine dans son rapprochement. Il veut ne pas sembler seul — c'est-à-dire exclu — mais ne veut surtout pas non plus passer pour l'ami du bizarre, ce qui serait une autre forme d'exclusion.

Ce camarade fortuit qui critique sans cesse mes vêtements, mes dessins, mes façons de parler et d'être, le fait de la seule manière possible : en me côtoyant.

Je fais alors au quotidien l'expérience de la plus commune et terne sorte de relation humaine : la fréquentation.

Lorsque la réticence de mon camarade se fatigue, il nous arrive de parler et de rire. Après tout, nous ne nous sommes pas qu'antipathiques.

Ce pas contraint qu'il fait chaque jour vers moi intrigue peu à peu les autres.

Sans n'avoir rien fait en ce sens, je ne leur serai donc bientôt plus seulement un mystère muet et inapprochable, ni seulement étrange. Mais quelqu'un d'étrange.

Mon malaise est intact.

Ma solitude se tempère.

Le jour où ma tante et mon oncle m'offrirent mon premier ordinateur, ma vie différa. À quatorze ans, j'aurais pu ne voir dans cet appareil qu'une porte ouverte sur l'univers sans borne de la pornographie. Or, j'y vis certes cela, mais aussi, d'un regard plus primitif encore, l'occasion d'écrire ma pensée sur un écran ; pensée que la magie du traitement de texte concevait noir sur blanc sous la forme d'un livre. J'assignai alors mes stylos et mon écriture baveuse et hésitante à mes devoirs scolaires. Dans le cadre intime de mon écran, mes mots, ceux qui ne répondaient à aucune consigne, auraient – eux – de la tenue, du souffle.

De là, j'ai cru mieux être. J'étais ivre. Ivre d'avoir, au bout des doigts, plus de vingt-six caractères si enclins.

*

Euphorique, frénétique, j'écris jusqu'à l'absence. Et quand, enfin, le point tombe, je suis nulle part. Mes yeux ont beau se relever et tout balayer, l'instant ne consiste plus. Le lieu ne s'est plus familier. Le moment est sans précédent, sans grammaire. Si mon cœur panique, je ne suis pour ma part que stupéfait, égaré, hagard. Alors, je me lève de ma chaise et risque un pas dans cet autre monde. Quittant la pièce pour le couloir, je foule une pesanteur nouvelle. Mon regard caresse les parois du flottement dont tout est vaguement atteint. Mon cœur bat décidément à toute vitesse. Tout frottement, tout froissement, tout tintement retentit au centuple. Je sursaute d'un rien. Tout survient.

Alors quand, en coup de vent, du fond de l'espace, le chat se propulse sur toute la longueur du couloir, ses pattes qui me frôlent me mitraillent comme à me transpercer. Mes sens sont plus que jamais en alerte, à vif. Je n'en suis que la somme farouche.

Tous les mots m'ont quitté. Il n'en est plus ni en moi ni autour. De la cuisine d'où je m'éloigne, la voix de ma mère ne parle aucune langue.

D'ici peu, le sens, cependant, réintégrera les sons, mon cœur s'apaisera de lui-même et, tandis que l'espace, en un rien de temps, épousera ses contours habituels, je rejoindrai l'air que je respire.

*

À leur relecture, les lignes que je ramène de ce vertige me semblent en découler. J'aime l'idée presque mystique de n'y être pour rien. J'imprimerai ces bribes en l'état et les ramènerai, dans ma poche, à Ferdinand et Chloé. Ils en sont friands. Sous les arbres, je leur lirai solennellement mon délire à voix haute et, ainsi, le ressusciterai. Ces textes maladroits et naïfs épouseront dans l'air la joie que j'aurai à les dire, à les vivre.

QUITTANT LA VILLE, je me quitte un peu.

Je pense moins.

Ma vie s'excentre à vue d'œil.

Ce train de banlieue, pourtant, ne m'exile pas.

Il me mène à ma seconde famille.

Je ne vis bien que parmi elle.

J'y ai une place où être.

C'est à cette place que je me rends.

Ma vie m'attend au terminus.

Mes yeux, entre-temps, veillent au jour qui cesse.

Des arrêts sans nom ponctuent d'eux-mêmes
le vaste moment d'où le soleil s'absente.

Le paysage, fluide, mouvant,
n'est qu'un large espoir doublé de ciel.

Alors que mes pupilles s'accrochent aux détails
et aux aspérités,
je m'émeus d'une lueur tenace
que la forêt occulte enfin,
et qui survit à l'horizon.

Tout le monde descend.

Dans le prolongement des rails,
en marge de la gare,
des phares occasionnels décrivent un lent virage
dans un champ de pénombre.

Une paire de ces phares me viendra bientôt.

Au pourtour du champ,
la nuit d'une forêt s'appose
à un restant de lueur.

Le soir est à destination.

Posée sur une butte d'herbe où quelques arbres triangulent et où un bref sentier de béton serpente, la maison, sur fond de forêt, est massive. Deux tiers de toiture. Un tiers de façade. Cette dernière est rythmée par l'enfilade d'une baie vitrée, d'une porte d'entrée arrondie, d'une petite fenêtre de même forme et de deux autres, plus larges, dotées de volets. Porte et volets sont du même bois. La pente du toit, couverte de tuiles sombres, est percée par une cheminée et, çà et là, par trois étroits rectangles de verre. Quand la bâtisse s'absorbe dans l'obscurité, trois minces reflets de ciel s'éteignent à fleur d'ombre.

— Tiens ! V'là Bob ! C'est à cette heure-là
que t'arrives ?

La question n'en est pas une, ni un reproche. Une simple manière de bienvenue dont on sourit tous deux autant que de se revoir, puis s'embrasse. Quant à Bob, c'est, dans la bouche de mon oncle, le surnom de tout le monde. Le nom de personne. Mon oncle ne se souvient pas des prénoms. Seulement des êtres.

*

De taille modeste et de carrure solide, Jean est athlétique quoiqu'un peu ventru. Même le ventre est tonique et tenu. Au prolongement de larges épaules, au sortir d'un polo usé, ses bras s'accroissent jusqu'à des avant-bras sculpturaux et à de puissantes mains parcourues de veines épaisses. Sur les doigts, le poil est discret, anciennement blond. Cheveux ras et barbe rase, de même teinte.

Soutenant les rides d'un front dégarni, des sourcils aigus se froncent sur des yeux bleus fatigués, lourdement cernés, jamais tombants. Sous un nez busqué et une moustache rêche au liseré jauni de café et de tabac, des lèvres souvent closes, même à sourire. Sa bouche garde pour elle le gros des sentiments, des paroles et des sarcasmes. Reste le regard. Tout y revient. Une malice aux aguets. L'œil est espiègle, fuyant, complice, pénétrant, vif et profond. L'humour, au prolongement.

Jean écoute plus qu'il ne parle, et ne s'exprime toujours, laconiquement, qu'en argot. L'accent vient d'une banlieue ouvrière de Paris. Quant à l'argot, c'est, chez lui, plus qu'une langue, qu'une attitude ou une intonation. C'est sa pensée qui, en images, se fait entendre. Sensible, loquace.

Le sourire aux yeux ou aux lèvres tempère les dires et, souvent, les remplace. Un rire bref ponctue enfin toute phrase dite ou tue. C'est, via Jean, la pudeur même qui s'exprime, avec intelligence.

Il est un genre singulier de solitaire qui ne vit bien que pour et parmi les siens. Son cœur n'existe que d'aimer et de s'entourer. Et si son cœur se contente de cette compagnie aimée et chérie, ses mains, elles, se languissent d'œuvrer. Elles sont à la tâche ou se meurent. Il leur faut toujours du *quoi que ce soit* à fabriquer, à cuisiner, à réparer, à bâtir...

Ses mains saisissent et comprennent. Elles prolongent son être, en sont l'expression nécessaire, virtuose.

Jean met à faire autant de cœur qu'à aimer.

Grave et blagueur, doux et rude, discret et présent, il n'est que soin, tendresse et poigne.

*

Non loin, environnant son silence, ma tante. Une grande femme ronde, abondante, sonore. Sa chevelure courte se fige en vagues épaisses. Les cheveux sont fins, d'un roux mat et profond atténué de gris. Nez, lèvres, sourcils et yeux sont de la même finesse. Les joues, elles, sont aussi rondes que la silhouette. De l'énergie enrobée de tendresse. Constellée d'infimes taches de rousseur, la peau, à peine ridée, se tient prête à rougir de colère ou d'amour. Jamais de honte. Les yeux alertes, toujours grand ouverts et crépitants, se dispensent presque de cils. Incapable de flottement, le regard est trépidant, franc, vigilant, perçant. La voix est éternellement jeune, d'une vivacité enfantine.

Généreuse en tout, capable d'infiniment d'écoute, de douceur et de soin, Béatrice est aussi affectueuse qu'explosive. De la puissance de son caractère émane une autorité naturelle.

Ma marraine l'est humainement. Rien de symbolique. Il existe dans son cœur bouillonnant une place où le mien bat à l'abri. Elle m'accueille dans des marges privilégiées de son tempérament. Elle a pour moi quelque égard tacite, spécial, intarissable, où je suis admis et considéré. Et si la grande effusion de son être se frustre parfois de la réserve où je me terre et où elle ne peut que deviner que je l'aime, elle n'attend rien pour aimer. Elle est fière à l'avance, confiante à jamais, s'attendrit de mes attitudes, respecte jusqu'à mon emphase.

Elle est aussi intensément marraine que mère et tante. Elle est tout ça autant qu'elle est vivante, et vit comme elle aime, comme elle veille, comme elle parle. Questions, réponses, remarques et digressions se déversent comme ses gestes, en continu, en éclaboussures, en cascade. Au passage, sur toutes les surfaces, sous tous les meubles, elle chasse les miettes, les poussières. Pas un recoin ne lui échappe, pas une tache ne demeure. Tout ici doit être net, propre, parfumé, aspiré, chéri.

Omnipotente, elle sait parler sans s'essouffler et œuvrer sans se désœuvrer. Le soin urgent qu'aux quatre coins de l'espace elle porte aux objets et aux êtres étant toujours suivi d'un flux de paroles, sa voix, plus encore qu'un règne, est une âme audible. Alors, quand, à l'occasion, la trépidation tourne à la frustration puis au fracas, tout tressaille. Une porte claque.

S'amorce une apnée dont on ne sortira que quand elle en sortira. L'ambiance, d'heure en heure, puis, parfois, de jour en jour, suffoque durablement.

Au repli de sa chambre, elle se froisse. Ces crises de chagrin secouent sa vie. Elle n'en guérit jamais, se retranche dans sa meurtrissure.

Quand enfin – diminuée comme elle ne l'est que triste, muette comme elle ne l'est que blessée, toute pétrie d'amertume – elle revient de son exil, elle ne veut toujours rien dire, et surtout rien entendre ; mais le fait, peu à peu, parmi nous.

Ici n'est rien sans elle. Elle en est la plus ardente part de vie. Au gré de sa voix, de son sourire, tout se ravive. Ici reprend son cours.

*

Dans le canapé du salon, enturbannée d'une serviette, et tout embaumée de senteurs fruitées, Chloé lit auprès du feu. Sous une couverture légère, elle est cernée de confort et de coussins. L'étoffe de son pyjama est de la douceur de tout. Chaleur avenante dont Chloé est l'incarnation. Avec plus ou moins d'entrain selon l'humeur, c'est toujours avec joie qu'elle me voit et m'embrasse. Les éventuelles querelles en cours sont pour les autres. Jamais pour moi. La voyant si sereine, je sens que, ce soir, tout va bien. On échange des mots et des sourires. Elle finit juste son chapitre. Je l'en prie, et m'assieds.

Ronde, elle se croit grosse. C'est ce tourment qu'elle habite. La rondeur, pourtant, depuis toujours, lui va bien. Son visage arbore des traits amples et fins. Son corps dispose d'autant de formes que de tonus et de souplesse. Quand elle n'y pense pas, elle y est à l'aise comme maintenant, assise en tailleur au surplomb du livre où elle s'absorbe et dont, imperceptiblement, elle sourit. Elle me lance soudain un « bâtard ! » tout affectueux, rieuse de m'avoir surpris la dévisager, et me parle alors du livre, m'expliquant la provenance du sourire que je lui ai vu à l'instant. Elle me dit, enfin et surtout, que c'est bien de lire, que je devrais m'y mettre, que j'adorerais...

Secrètement sensible à tout ce bonheur qu'elle me souhaite, je rétorque, contenant mal un sourire malicieux et fier, qu'à regarder son visage lire, je lis moi aussi à ma manière, par procuration. Et puis, j'ajoute qu'elle me racontera très bien l'histoire, comme toujours. En somme, sans le savoir, à tant lire, elle lit aussi pour moi.

— Enfin bon... Comme tu veux...

Soupire-t-elle pour la millième fois, lasse de cette posture qu'elle me connaît et me pardonne. Elle ne me changera pas. Mais elle m'aime.

C'est, après tout, ce qu'on fait de mieux, nous deux. On s'aime sans exigence.

On fagote nos frustrations, nos complexes et, devant le feu, puis la télé, aligne ces fardeaux de corps qu'on hait, qu'on goinfre.

Dans la lucarne, des Américains vont vaillamment d'une obésité à une minceur spectaculaires. Inspirés par tous leurs efforts, nous nous gavons de sucre et de catharsis. On regarde indifféremment des reportages, des quizz, du sport... Que du léger, du futile ; de quoi distraitement commenter l'image et, fixement, l'oublier.

Nos renoncements sont complices. Il y entre assez de tendresse et de solidarité pour s'en faire une alcôve à l'abri du monde.

Ce monde, on ne le méprise pas. Baignés de lueurs indirectes, on le survole, des heures durant. Quand on éclate de rire, c'est toujours de nous qu'on s'esclaffe, bouches pleines, pris encore en flagrant délit d'apitoiement, comme à s'en nourrir.

Le rire de Chloé est un hymne à l'instant. Il y a tant de puissance et d'ampleur dans ce rire que tout le monde sourit à la ronde. La joie est un épicentre ; ce rire, une déflagration.

Rien, pendant, n'est plus grave.

FERDINAND AVAIT SU GRIMPER aux étagères avant de savoir tenir debout. Bébé, on l'avait plusieurs fois retrouvé perché au plafond. Ces escalades précoces ne furent pas longtemps surprenantes. Peu après avoir appris à marcher, il n'avait plus su que courir. Enfant vif et curieux, il n'avait jamais pu poser son attention sur rien. Il en débordait comme d'énergie et d'appétit. Vorace de naissance, « J'adore manger ! » avait été l'une de ses premières phrases. Une maxime de vie. La plus grande part des calories englouties avait été brûlée dans le mouvement. Le reste s'était simultanément converti en muscle.

En fin d'enfance, cette ferveur physique ligotée à une chaise par l'obligation scolaire s'était étendue du corps à l'esprit. Bientôt capable d'une contenance précaire et contre-nature, Ferdinand – pour qui s'asseoir était toujours une punition – n'avait néanmoins pu tenir en place que physiquement. Il s'était tant plu à rire et à faire rire qu'il était, de fait, devenu un trublion. Sans calcul, méchanceté, ni rébellion, son indocilité était sa nature profonde.

À l'orée de l'adolescence, la voracité, s'accentuant encore, finit par l'envelopper d'une bonne couche de gras. Ses joues s'en garnirent, son visage et son corps s'arrondirent. Ferdinand, trop tonique pour être gros, ne fut alors que dodu. Son panache, dans toutes les marges qu'on lui laissait, était intact. Entre deux cours, dans les couloirs bondés de son collège, il advint que Ferdinand, fonçant à toutes jambes dans une foule abstraite, renversât de plein fouet le corps menu de la conseillère d'éducation. Conseillère qui était, outre les professeurs successifs, sa principale référente. Ferdinand, en matière d'indiscipline, était si prolifique et créatif que les professeurs et elle, remplissant à tour de rôle et à ras bord ses cahiers de correspondance, lui tinrent lieu de scribes. Toutes ses frasques furent sous leurs plumes hargneuses fidèlement rapportées. Ces récits d'une précision factuelle étaient souvent comiques.

Il y fut notamment mention de steaks hachés arrachés par la fenêtre de la cantine aux assiettes des autres, puis engloutis en pleine fuite ; ou bien encore d'un spectacle spontané donné dans la cour à grands coups de flûte. La performance avait été si appréciée par la foule qu'elle avait été récompensée par des jets de pièces de monnaie et de bonbons. Sa liesse, pas méchante, avait pour principal défaut d'être communicative. Ces cahiers gardaient une trace du répondant dont il faisait preuve, troublant toujours avec brio la paix de la classe ou de l'établissement. Résolu à son tempérament et attendant peu de ses résultats, c'est surtout le dérangement qu'on lui reprochait.

Lui n'était hostile à rien. Seulement inadéquat.

Peu enclin à l'apaisement, Ferdinand, dès qu'il fut en âge de manquer les cours, fut donc absent comme il avait été mutin.

L'adolescence, qui avait commencé par l'arrondir, l'allongea soudain, l'affublant au passage d'un peu d'acné et d'un appareil dentaire.

Depuis l'âge de onze ans, seule la fumée de haschich, sous un regain d'euphorie, avait pour effet de le calmer un peu. Effet que rien auparavant n'avait jamais vraiment eu sur lui, et que rien d'autre n'avait non plus eu depuis. Cette substance – qu'entre mille autres petits noms, on appelait « shit » – provoquait chez lui une sorte de calme hilare. L'alcool, à terme, amenait les larmes. Son agitation couvait en effet depuis peu un sentiment inédit, vivace. Une tristesse cerclée d'inquiétude et d'anxiété. Un début de détresse.

Car tout sombre. Tout, c'est le modèle, le guide, le grand frère. Charles se dissout dans la démence.

Quelque chose d'intime à son cerveau le persécute, cruellement, activement. Il suspecte toute chose, tout son, tout silence. Puis, doutant de tout, il en vient à douter des êtres. Charles est apeuré, étranglé, terrifié. Incapable de sommeil, d'éveil, de présence, il dialogue avec des voix audibles à lui seul, en pouffe de rire ou de peur. Grimaçant, il est perpétuellement torturé, épuisé, en sursauts, hébété. Alors, quand il ne hurle pas lui-même, nous présumons aux cris de ses yeux l'insondable profondeur de son effroi. En surface, ne reste déjà presque plus aucune trace du *Charles d'avant.*

*

Jean pense, intensément. À l'idée de son fils aîné, un silence grave le pourchasse, le rattrape, l'accule. Un mal lui fronce l'âme. Quand, fumant sa cigarette sur le pas de la porte, face à la pénombre du jardin, il fixe le vide, ses yeux ne sont plus clairs qu'en surface. Son regard souffre férocement. Le monde entier est une annexe de l'innommable. Ce jardin en est une parcelle indifférente. La lucidité, à force, se dispense de regard. Elle quitte les yeux et les laisse là, ouverts à rien. Jean inspire et expire machinalement la fumée. L'arbre frémit seul. Rien n'est plus. Tout est douleur. Le silence abonde.

LES ÊTRES NE SONT PAS LES SEULS BOULEVERSÉS par la perdition de Charles. Ce lieu, qui est né et s'est construit en fête, est maintenant dénaturé, méconnaissable.

La fête n'a plus lieu.

Ne reste de cette ancienne habitude qu'une cave saturée de tous les alcools possibles. Ce stock presque oublié, destiné à abreuver une foule à jamais absente, nous est une manne inépuisable. Ferdinand sait en subtiliser la clef et la remettre discrètement en place.

La maison étant définitivement vidée de sa liesse, la nuit venue, sur la pointe des pieds, tout encombrés de bouteilles, nous la vidons de ce qui lui reste d'alcool.

La fête est abolie. L'endroit aussi. Reste l'envers. Derrière la maison, la cabane.

*

À la limite du jardin et de la forêt, sur un palier d'herbe, auprès de la petite maison de planches que camoufle un grand sapin, Ferdinand et moi nous réunissons autour d'un feu, au surplomb de la semaine. Lui l'a passée à contrevenir ; moi, à obéir. Tous deux l'avons subie. Nous nous en rapportons les déconvenues et les quelques joies, mettons en commun et en perspective nos camarades, nos professeurs, la substance de nos vies. Le laps qui nous scinde est ainsi comblé. Le partage change la nature du vécu. On s'en saisit, s'en joue, s'en esclaffe. La routine qui détient le gros de nos existences est, en nos bouches, lynchée, minorée, dissoute. Les rires qui consument la semaine passée redoutent simultanément la prochaine qui nous guette déjà. Mais en haut de cette même pente, auprès de ce feu ressuscité, les jours prochains, comme tous, nous reviendront. Tout ce que nous vivons est ou sera nôtre.

*

En dehors des week-ends, dans cette routine qu'à contrecœur nous vivons séparément, je suis muet, servile, timide jusqu'à la névrose ; Ferdinand, indocile.

Nos frustrations, cependant, communient au détour. Sans encore être libres, nous nous sommes une promesse de liberté. Bien que future, cette liberté n'est pas tout à fait absente. C'est elle, déjà, que nous célébrons. Aux heures revanchardes, ivres, nous la respirons d'avance.

Non loin, mon père périt. Ma mère y ajoute de sa détresse, de sa cruauté. Quant à Charles, noyé de spasmes et d'hallucinations, il perd chaque jour sous nos yeux un peu plus de conscience et de présence.

La vie, tout autour de nous, agit sur certains vivants comme un acide. La corrosion nous apparaît chaque jour plus flagrante, plus fatale. Rien ni personne n'y peut s'opposer. Notre fougue, à grandes rasades d'alcool fort, a beau se prolonger d'ivresse, l'atroce colle à nos pas comme à nos âmes et rattrape nos deux êtres vacillants jusqu'après la pesanteur, jusqu'où l'espoir se dégueule.

*

Autour du feu, des convives occasionnels s'ajoutent souvent à nous. Il y a Baptiste et Benjamin, les cousins de mes cousins, que je surnomme pour ma part mes *cousins au carré*. Plus fréquemment encore, il y a aussi Nono, le voisin.

Nono n'est dehors que si on l'y pousse. Le plein air lui est un exil. Son existence épouserait plus volontiers les contours d'un écran et, le plus clair du temps, les épouse d'ailleurs. Toutes ses heures libres se passent à guider sur une image un petit personnage ambulant parmi une foule d'autres. Il s'agit, au surplomb d'un terrain sans horizon, de gagner du territoire et de l'expérience dans une cohue qui remue, bruite, clignote, se renouvelle. Il s'agit, enfin et surtout, de sa vie. Plus la figurine animée se pourvoit d'armes, de pouvoirs, de puissance, plus les yeux de Nono s'assèchent, plus ses nerfs se tendent, plus son corps s'engraisse. Derrière son avatar hyperactif, le joueur oublie à sa tâche, au rempart d'un store fermé, la succession des heures, des jours et des nuits. La bataille n'est virtuelle qu'en apparence. Le geste a beau se limiter au sursaut d'un seul doigt sur une souris d'ordinateur, le cliquetis épuise durablement une cervelle vaillante, obstinée.

Son corps, jamais fatigué, s'accable de cet entêtement. C'est, sans le savoir, outre le sommeil, sa physiologie qu'il combat avec acharnement. Le jeu tourne à l'avilissement et, le supplice n'apparaissant jamais comme tel au supplicié volontaire, la partie se poursuit à l'infini. Tandis que Nono, pour ne pas quitter une seconde sa conquête, remplit des bouteilles d'urine, sa mère, attendrie, souriante, palliant pour lui les besoins de ce monde-ci, abreuve et nourrit son champion.

Nono ne s'interrompt que pour ceux des besoins naturels qui exigent de se rendre aux toilettes ou bien alors pour se traîner au collège. Quant à nous, à cinq minutes à pied de son antre, nous sommes la seule interruption à laquelle il consente parfois de bon cœur. Il arrive en effet que Nono nous préfère à ses millions d'ennemis virtuels. Nous en flattant presque, nous l'accueillons alors à bras ouverts. De ce côté du réel, Nono est un être sociable et rieur. Le guerrier le plus doux que la

Terre ait vu naître. Doux, cependant, autant qu'il est délicat. Il rit aussi aisément qu'il se vexe. Alors, le monde dont il est le seigneur latent, à quelques centaines de mètres du nôtre, l'appelle, l'embrasse, l'engloutit à nouveau. Aucun de ses chagrins ne survit au confort d'un fauteuil et au réconfort d'un écran.

À longueur d'année, en toute saison, le visage joufflu de Nono s'éblouit donc aux lueurs alternées de son écran et de notre feu. Il passe ainsi de sa réclusion à notre liesse. Nono cependant n'est, par nature, porté à aucun autre excès que le jeu et la gourmandise. À la faveur d'un enthousiasme communicatif, il lui prend toutefois occasionnellement de boire parmi nous jusqu'à l'ivresse.

*

Petit brun aux yeux verts, petit blond aux yeux bleus, Benjamin et Baptiste quant à eux forment, l'air de rien, un duo inflammable. Inflammable, surtout, du fait de Baptiste. Car si leurs petites tailles se valent, ce dernier est bien le petit frère et l'incendiaire de leurs humeurs. Benjamin – bien que de nature conciliante – l'agace. Il n'a, pour cela, rien à faire, rien à dire.

— Ta gueule, Benjamin !
— Quoi ta gueule ?! J'ai rien dit…
— Et bah, ta gueule quand même !

Insiste Baptiste, obtenant de son frère un premier et dernier silence.

— Eh Baptiste, t'as déjà entendu parler
du comique de harcèlement ?
— Ta gueule, je t'ai dit !
Rétorque Baptiste, furieux.

Benjamin, par la suite, mettra son concept à exécution. Tournant son frère en dérision, il blaguera sans cesse, sans pitié, jusqu'où iront les « ta gueule ! ».

L'un par l'insulte, l'autre par la malice, ils se rendent ainsi chaque fois à bout de nerfs, à bout de blagues, à leur point d'incandescence, de fusion.

— Je vais t'éclater !
— Moi, je t'éclate !

À ce stade, serrant gorges et poings, la haine se doit d'urgence de revenir d'où elle vient : à Baptiste. Ce dernier, sans plus soutenir le regard assombri de son frère, ravale alors avec sa fierté un ultime « ta gueule » à peine exclamatif. Le pyromane n'est en dernier lieu ni téméraire ni suicidaire.

*

Si les deux frères diffèrent en beaucoup d'aspects, ils partagent cependant les mêmes goûts. Ils ont tout d'abord goût à la forêt dont ils sont natifs. À l'image de celle où nous nous trouvons maintenant, les deux maisons successives où ils ont grandi sont en effet cernées de vastes forêts domaniales. S'ils n'ont tous deux aucun goût pour les maisons – toutes confortables et forestières soient-elles – et pour ce qu'elles impliquent de domesticité, la forêt et eux semblent en revanche s'être choisis. Les arbres ont toujours eu pour eux l'avenance dont manquent les êtres humains. Benjamin et Baptiste se retrouvent dans les feuilles et branches mieux que sous aucun toit. Ils y sont chez eux.

L'entente des deux frères ne s'arrête pas là. Leur binôme bourgeois et forestier se trouve d'étranges affinités avec ce que l'époque produit de plus prolétaire et de plus citadin. Un appétit pour le rap. Cette joute verbale dont ils se nourrissent confère à leurs intonations et à leurs attitudes une teinte surprenante, mais pas tout à fait paradoxale. Loin de n'être qu'un style ou une posture, le rap pénètre leur mentalité et cadence leurs pensées. Un grand rejet sincère les y appelle. Ces mots hostiles qui les amusent, les intriguent, les possèdent, expriment mieux qu'aucun langage le dégoût farouche qu'ils ont de la société. Or, la scolarité en est l'antichambre. Ils ne s'y sont jamais sentis que contraints, étrangers.

Benjamin et Baptiste, enfin, parlent la même langue. Une langue aussi pauvre que riche dont la plus large part du lexique est connue d'eux seuls. Un verlan sans grammaire ni conjugaison qui, additionné à leurs survêtements terreux et troués, parachève l'espèce sociogéographique dont – fils de médecins et fils des arbres — ils sont sur Terre les deux seuls spécimens vivants.

*

Baptiste, vidé de son énergie par le conflit qu'il a suscité, reste seul et muet, fumant encore un joint auprès du feu. Ferdinand, Benjamin et Nono marchent quant à eux d'un pas déterminé dans l'allée obscure qui, en contrebas de la maison, mène à la route éclairée. Ils détiennent la bouteille d'alcool. C'est elle que Charles et moi suivons surtout. La maison étant déjà loin, on pourrait hurler. Alors, on hurle. Charles et moi, à la traîne, leur gueulons de ralentir et de nous laisser boire un peu. Eux, devant, s'esclaffent de nous voir si récalcitrants et coopératifs. Plus on se plaint, plus on suit. Jusqu'à les rattraper.

Où la route devient la rue, l'ombre fluide d'un chat qui traverse se fige de nous voir, puis, d'un pas rassuré, rejoint sa nuit. À cette heure vacante, tous volets fermés, le village s'éclaire aux lueurs embrumées de rares lampadaires et d'un peu de lune. L'air est d'une fraîcheur vivifiante. Tout est calme.

Ferdinand, dans un élan de joie, ne peut alors retenir un grand coup de pied spontané dont le rétroviseur d'une voiture éclate. Ce geste fracassant inspire Benjamin qui, tout aussi spontanément, en assène un à la voiture suivante.

Puis, un troisième fracas advient.

Tout s'interrompt.

Croyant à peine nos oreilles, nous n'en croyons pas nos yeux. Nono non plus. Nous retournant tous sur lui, nous ne le reconnaissons pas. Stupeur et rage se le disputent. Considérant d'un œil hagard le rétroviseur détruit par ses soins qui pend à la carrosserie, Nono l'arrache ensuite à pleines mains, puis se fige à nouveau, haletant. Ses joues rondes ne rougissent plus seulement de la fraîcheur de la nuit.

Après une seconde de latence, il jette l'objet au premier étage d'une maison dans une fenêtre dont la vitre éclate. On détale.

Nono a spontanément fait preuve en un jet de plus de délinquance qu'il n'y en aura jamais dans toute sa vie. Sur nos pas, nous ne le retrouverons pas. La déroute hilare, à toutes jambes, continue sans lui.

*

Nous voilà donc à l'orée du village voisin, essoufflés d'avoir tant couru et tant ri, buvant à tour de rôle des rasades de cet alcool dont nous sommes ivres depuis des heures et qu'il nous semble dorénavant avoir un peu mérité. Ce village — quoique plus éclairé — n'est pas moins silencieux et désert que le premier. Il n'est rien ici qu'une petite gare endormie, une large route longeant la gare et, derrière des barrières, un début de chantier. Benjamin et Ferdinand grimaçant encore de leurs gorgées et essuyant à leurs lèvres, d'un revers de manche, le reste de sourire que le coup d'éclat de Nono y a laissé, regardent tous deux cette fixe portion de village d'un œil distrait, puis inspiré. Où il y a route et barrières, il y a matière à barricade. Étant de ceux qui ne reprennent leur souffle que pour mieux le perdre, les voilà donc déjà à l'œuvre, se saisissant des lourdes barrières métalliques et les jetant une à une sur la route avec hilarité, puis entrain et méthode.

Momentanément calmé par la dose d'alcool ingérée, je ne m'oppose que mollement à leur nouvelle besogne. Les barrières que je remets lentement à leur place n'empêchant en rien l'édification en cours, je renonce sans regret au civisme. Charles, dont les yeux se portent sur notre spectacle, n'est quant à lui plus vraiment là. L'absence d'enjeu prête à la divagation. Et tandis que le monticule de métal donne à l'endroit un aspect singulier, les ouvriers de l'instant le garnissent de panneaux de signalisation jetés en vrac. Cette touche de couleur les ravit. Après un dernier coup d'œil à leur ouvrage, nous nous faisons enfin un plaisir simple d'emprunter vers le centre du village ce qui est désormais une avenue piétonnière.

*

À quelques pas de là, l'avenue aboutit à un monument aux morts. Entourée d'une barrière basse, une stèle à peine plus grande qu'un homme se tient seule dans la nuit. Gravés dans la pierre, des noms s'érodent par ordre alphabétique. Au pied de cette vision funeste, je ne sais quel sentiment prend Benjamin et Ferdinand à la gorge et au cœur. L'émotion qui germe dans leurs yeux troubles est de plus en plus palpable, intense, solennelle. Alors qu'aucun de nous n'a la moindre idée de l'heure qu'il est, une inscription sur l'édifice les rappelle au mois et au jour où nous sommes. Ayant probablement passé minuit, aujourd'hui est le jour de la commémoration nationale de la guerre au souvenir de laquelle s'érige le modeste monument. Cette coïncidence étant à leurs yeux un rendez-vous cosmique, un irrépressible élan patriote s'empare de Benjamin et Ferdinand.

Une large vasque faisant au centre de la stèle le triste effet d'un ventre vide, les deux compères entreprennent de déterrer avant l'aube quelques dizaines de fleurs d'un parterre voisin pour, à l'enjambement de la barrière, garnir le récipient. J'ai beau leur signaler le degré d'absurdité de leur entreprise et tenter de les rappeler à la raison, ils me sourient béatement et s'acquittent sans relâche de ce jardinage qui vaut mieux que la loi. La tâche qui leur remonte les manches revêt dans la confusion de cette nuit une dignité troublante. Accroupis, les mains nues et terreuses, ils prélèvent délicatement les fleurs et les portent en offrande au réceptacle. J'en soupire, non plus d'opposition mais de lassitude.

La bouteille est vide. Rien ne me retient plus ici. Je demande à Charles s'il souhaite rentrer avec moi. Mais Charles, fixé sur l'action, est à l'écoute d'une réalité plus trouble encore.

Sans réponse, je les laisse tous trois au carrefour de leurs délires.

*

Sur mon chemin, tout est calme, flou et givré. Ce calme est, de cette nuit brumeuse, l'aspect le plus prégnant. Ces confins de banlieue quotidiennement quittés à l'aube et rejoints chaque soir par une mince foule ponctuelle ne sommeillent que le jour. De nuit, les rues y sont plus qu'endormies, plus que désertes. Elles sont inertes.

L'obscure forêt qui frémit alentour est seule dormante. Ces villages sont dans la nuit comme dans le coma. Au détour des façades closes, à l'exception furtive d'un chat, rien n'a semblé considérer notre passage, si bruyant fût-il. Dans le flou, un feu de circulation que la brume atténue passe pour rien du vert au rouge, comme certains du vandalisme à l'hommage.

*

Voilà une éternité qu'une migraine m'exhorte à ouvrir les yeux. Je soulève péniblement une paupière sur la zone du matelas où se trouve, sous ma joue, toute la salive qui manque à ma bouche. Le reste est trempé de pisse glaciale. Dans une pâle lumière diurne, je reconnais la cabane. Nul n'y dort plus en cette saison. Nul sauf moi, apparemment.

Aujourd'hui semble l'un de ces jours gris et homogènes d'une saison grise et homogène. Les coqs ont beau encore s'égosiller, je présume à la luminosité qu'ils n'annoncent plus le matin. Tandis que je frissonne à en claquer des dents, la confusion de la nuit me revient par images, en reflux de migraine. Depuis le jardin, la maison semble calme. J'y descends, m'y faufile. Je ne croise personne, me douche et me change. Sortant, je ne vois ni n'entends toujours personne, dans aucune pièce. Je me rappelle avec un certain soulagement que ces jours-ci ma tante est absente. Quant à Baptiste, il s'est volatilisé. Je vais alors jeter un coup d'œil dehors. Les nuages sont immuables, le paysage fixe, plombant...

— Bien dormi ?

Me lance calmement Jean, adossé derrière moi à la façade, sans tout à fait me regarder. Sur son visage, un rictus qui pourrait être un demi-sourire n'en est pas un.

— Tu sais où sont tes potes ?

La question non plus n'en est pas une.

— Ils sont en geôle. Charles y a dormi, et puis les flics ont frappé de bon matin à la porte pour coffrer les deux autres.

— Ah...

— Ils en cherchaient un quatrième mais faut croire que t'es passé entre les gouttes…

Depuis quelques minutes, il pleut en effet.

Jean, pensif, écrase sa cigarette et en porte sans attendre une autre à ses lèvres. La fumée donne de l'épaisseur à ses soupirs. La colère est vive mais calme. Un calme qui dit « putain » et ne dit plus rien.

*

— Les gendarmes ont passé un coup de fil.
Ils n'attendent plus que toi.

M'informe Jean, plus tard, placidement. Sa colère a entre-temps tourné à la démission.

Je me rends à quelques rues de là, à la gendarmerie où mes acolytes séjournent. Dans un modeste bâtiment à peine plus grand qu'une maison domestique, on m'ouvre une pièce exiguë où des néons complètent la pâleur du jour. Le local contient deux bureaux, deux ordinateurs et deux gendarmes. L'un, face à moi, est jeune, fin et rasé de près. L'autre, plus âgé, est, à ma gauche, sévèrement ventru et moustachu. Je hasarde un bonjour. Seul le jeune me regarde, me répond et m'invite à m'asseoir.

Cordial, il veut savoir ma nuit. Tremblant et balbutiant, je lui en rends compte aussi factuellement que possible. L'absence de Nono entre ces murs prouvant qu'on en ignore ici jusqu'à l'existence, je prends soin de la taire ainsi bien sûr que tout rétroviseur. Puis j'évoque une ivresse que je voudrais atténuante, quelques barrières déplacées, et m'arrête là. Mon auditeur achève de prendre note sur le clavier de l'ordinateur et relève les yeux vers moi.

— Très bien, merci jeune homme, je vois qu'on peut vous faire confiance, me félicite-t-il, avant de me demander : Pourriez-vous, s'il vous plaît, me rappeler la date d'aujourd'hui ?

Question banale mais équivoque. Fronçant les sourcils, faisant flotter mes yeux dans le vague, je feins un doute.

— On est le onze novembre ! Merde alors !

S'exclame soudain la voix bourrue du collègue. Mon interlocuteur, navré du sabotage de son effet, soupire intérieurement et remercie toutefois son confrère qui quitte le bureau.

— Bon, jeune homme, je comprends le flou de la nuit dernière... Mais vous savez ce qu'il y a après les barrières ? Votre mémoire va bien jusque-là ? Jusqu'au monument aux morts ?

Cette question appelant une réponse qu'elle sait, je me refuse à lui offrir et rappelle, à ma décharge, que je ne suis pas d'ici.

— D'accord. Je vais vous aider.

Me dit-il calmement, sortant du tiroir de son bureau un sweat terreux que je reconnais d'emblée comme celui de Ferdinand.

— Vous savez où on a retrouvé ça ?

Mon silence répond pour moi.

— On l'a retrouvé suspendu à la bordure
du monument.

Mon silence s'étonne.

— ... Et vous savez à qui c'est ?

Tandis que je me retranche dans un mutisme de plus en plus contrit, l'homme me tend le vêtement. Au repli du col se trouve une étiquette blanche sur laquelle s'inscrivent en lettres rouges le nom et le prénom de Ferdinand. Je m'en désole aussi secrètement que possible.

— Vos cousins ont reconnu les faits. Vous n'avez
plus qu'à confirmer. Ce sera mieux pour eux
et pour vous. Il ne s'agit après tout que de
quelques plantes déterrées.

À ces mots, je libère un soupir et me résous donc à évoquer ce jardinage d'après minuit. Les faits étant en notre défaveur, je prends toutefois bien soin d'insister sur le bon cœur qui a motivé ces agissements nocturnes. Un cœur patriote. J'ose le mot.

— Eh ! comment il s'appelle l'adjudant Martinez ?!

S'égosille soudain le collègue depuis une pièce voisine.

— Roger !

Répond son confrère.

— Roger ?!

— Oui…

Mon interlocuteur s'excuse de cette interruption, puis reprend l'entrevue momentanément arrêtée au mot « patriote », concept qui revêt, dans ces circonstances, un sens trouble.

— … Mais il s'agit bien de la dégradation, un onze novembre, d'un monument à la gloire des soldats morts pour la France, n'est-ce pas ?

S'interroge mon gendarme, désormais plus confus que cordial. Haussant les épaules, je réponds par un rictus d'approbation qui contient son exact contrepoids de négation.

— Et Durand, c'est quoi son nom ?!

S'interroge-t-on toujours aussi abruptement depuis l'autre bureau.

— Jean-Claude !

— Jean-Claude ?!

— Oui !...

Confirme mon interlocuteur.

— Bien, reprend-il, expirant. Au bénéfice du doute, et parce que je vous crois de bonne foi, je...

— Eh ! Et Roland, comment il s'appelle, ce con ?

Demande le collègue entre-temps revenu, dans mon dos, sur le pas de la porte. Une bourrasque de surprise, de malaise et, peut-être même, de sourire, balaye furtivement le visage du jeune officier. Cette ultime question appelle une réponse que tout mon être appréhende. Dans l'insoutenable silence momentané, je lutte contre un rire qui, en moi, s'accroît inexorablement et s'apprête à éclater.

— Eh bien... Il s'appelle Roland.

Cette réponse du jeune gendarme a instantanément raison de mon apnée. Et voilà que je tressaute sur la chaise, une main sur la bouche, soudain sujet à un spasme que, dans un étranglement, je tente urgemment de faire passer pour de la toux.

— Qu'est-ce qu'il a celui-là ?! Il a avalé un noyau ?

S'interroge le moustachu, tout en m'assénant une puissante claque dans le dos.

— Si ça tenait qu'à moi, je m'emmerderais pas, tu serais déjà sous les verrous avec tes petits copains !

Me gueule-t-il ensuite au visage, penché sur moi d'un air grotesque. Sa claque m'a coupé le souffle ; son haleine, coupé le spasme.

*

Je fus libéré après cette audition. Charles – qui avait été le seul à passer la nuit ici, car le seul à s'être trouvé sur le passage de la patrouille – fut jugé inapte et entièrement dédouané. Ferdinand et Benjamin – qui avaient échappé par les jardins à cette même patrouille et avaient été, par elle, au petit matin, cueillis à domicile – furent quant à eux jugés coupables de dégradations diverses auxquelles s'ajoutait une tentative de crochetage de portière de voiture. Ils n'avaient rien voulu voler mais seulement s'abriter du grésil. Le cumul de ces forfaits les condamna à de multiples amendes ainsi qu'à des travaux d'intérêt général. Le procès-verbal eut des airs de ticket de caisse. La facture fut lourde.

La stèle refleurie plantée au beau milieu de leur nuit s'y tenait droitement comme une énigme irrésolue. Les lourdes sanctions auxquelles une telle dégradation les exposait ne furent pas retenues contre eux. Dans un monde prosaïque où Roland s'appelle Roland, aucune manière d'hommage ne se nomme *profanation*.

LE COLLÈGE TOUCHA À SA FIN. Dans ce dernier établissement, en plus d'avoir été triste et seul, je m'étais découvert cancre. Si, dans mon premier collège, j'avais pu jouir sans effort d'un niveau honorable, ce même niveau avait été, dans le second, jugé faible et insuffisant. Je fus même menacé de redoublement.

Paniqué à l'idée d'endurer une année de plus parmi ces bourgeois et demi-bourgeois hargneux, j'étais toutefois parvenu à passer d'une classe à l'autre et avais obtenu de justesse le diplôme de fin de cycle. Diplôme qui m'ouvrit les portes du lycée.

Or, le complexe scolaire de mon quartier, qui abritait l'un des pires collèges du pays dont ma mère m'avait ôté deux ans plus tôt, disposait d'un lycée du même acabit. Lycée auquel la loi, dans sa grande rigueur géographique, me promettait. Ma mère fit donc à nouveau tout son possible pour m'éviter une réintégration de ces rangs maudits. Ce brusque sursaut d'ambition qu'elle eut pour moi contrasta tant avec le mépris dont elle me couvrait au quotidien que, du canapé où je regardais la télé, j'en fus stupéfait. N'ayant pas la moindre ressource financière, ne pouvant envisager de lycée privé, elle se heurta de nouveau à l'implacable loi des secteurs. De lettres en lettres, de rendez-vous en rendez-vous, de refus en refus, elle s'y heurta tant et si bien que la rentrée passa. Près de deux mois plus tard, en dépit de ses efforts, le lycée qu'elle refusait de me voir intégrer, à deux pas de là, m'attendait.

*

Longeant les barres d'immeuble sur les trottoirs barbouillés d'aube et d'automne, je panique doublement. Je suis d'abord inquiet à l'idée de retrouver les quelques caïds que je sais régner sur les parages. Je les imagine plus nuisibles encore que quand, il y a deux ans de ça, sans bienheureusement nous connaître, nous nous sommes quittés enfants. Mais ce que je crains surtout, c'est la nouveauté. Quel que fût mon dégoût pour ces toutes dernières années de collège passées ailleurs, j'étais peu à peu parvenu à m'y diluer. Or, mon effacement est aujourd'hui à refaire. De plus, mon retard sur la rentrée des classes m'interdira d'emblée toute discrétion. C'est à un groupe déjà bien constitué que l'on présentera mon individu. Mes jambes l'y mènent.

*

Sans connaître le lycée, je reconnais d'emblée les murs, l'odeur âcre de ce béton et de ce carrelage, la teinte qu'y prend le jour. Les fenêtres du collège donnent sur le périphérique. Celles du lycée donnent à longueur de couloirs sur les immeubles du quartier. À bâtiments égaux, seule la vue diffère donc.

La porte de la classe ne s'ouvre pas sur la cohue inconnue et hostile que je redoutais, mais sur une paisible hallucination. Un petit comité de ma connaissance. Les trois filles quittées il y a deux ans — désormais un peu femmes — me sourient spontanément. Elles m'avaient été sympathiques, me le sont encore, mais, à cet instant, du fait de leur changement et du mien, cette sympathie, en moi, se crispe. La surprise et la joie que j'ai à les voir se changent inexplicablement en confusion, puis en panique. Leurs yeux avenants s'ouvrent à moi. Les miens s'abaissent. Leurs sourires m'accueillent. Le mien s'excuse.

Sur l'estrade, assise au bureau, une entité plus familière encore, inchangée. Une petite dame ronde et pâle, vêtue de noir.

— Oh ! Mais qui voilà ? Guten Tag !

Cette voix ténue jusque dans l'exclamation est bien celle de mon souvenir. Dans un élan enthousiaste, elle m'appelle même par le prénom qu'elle a toujours cru être le mien et que, bientôt, je renoncerai de nouveau à rectifier. Autour, ça rigolera un peu. Les filles, garantes de mon identité, la corrigeront à nouveau pour moi. J'en serai chaque fois secrètement ému, ainsi que de cette place que je reprends parmi elles dans le temps.

À défaut de cours, la conversation aussi reprend. La dame, constante et tranquille, est une personnification de l'atmosphère. Je m'en repais.

*

Ma classe au complet sera par la suite tout aussi avenante et désinvolte que ce groupe réduit. Les différents professeurs, plus ou moins démissionnaires, déverseront tour à tour leurs informations dans un brouhaha bénin.

Ici, nul caïd. Aucun de ceux qui font régner la terreur n'est passé au lycée. Je retrouve donc cette ambiance telle qu'il m'est souvent arrivé de la rêver. Je la retrouve sans eux.

Entre-temps, l'enfant rêveur a néanmoins disparu. Je ne rêve plus à rien. Je suis désormais mon problème, mon angoisse. Je ne suis plus disposé à embrasser aucune ambiance, toute propice soit-elle. Autrui m'effraie, sans raison. À chaque pause, je m'éclipse, cœur battant, le temps que la masse des autres se déverse dans la cour et m'oublie. À défaut de paix, ma solitude est ma peine et, momentanément, ma rescousse.

Mots et sentiments se disputent mon cœur et mon crâne. Alors, comme le couloir est vide et silencieux, je me saisis sans trop y croire d'une feuille et d'un stylo. Derrière la vitre où je plaque le papier, un corbeau erre en vol plané. J'en prends note. Mon cœur bat toujours un peu trop vite et trop fort mais ne bat plus de panique. Je ne fuis pas l'instant. Je m'y absorbe. J'écris le corbeau. Je suis son vol. Mon cœur bat pertinemment.

EN COURS DE FRANÇAIS, le brouhaha tourne au vacarme. Chacun en est. Il y a des voix, de partout, et le métal des chaises et tables qui s'entrechoquent et qu'on traîne comme soi, à contrecœur, de cours en cours, jusqu'à cette heure du soir où les plus discrets sont les plus absents ; les autres, assourdissants. Dans la salle de classe, nul ne s'installe. Du bruit prend place et possession. L'esprit s'engourdit. Les oreilles surchauffent. De toutes parts, la nuisance rit, se parle, s'excite, se perpétue...

À son bureau, sur l'estrade, la dame regarde la crise, sans l'air d'entendre. Le pli de ses yeux est bienveillant. D'une bienveillance méditative qui confine au détachement, au survol.

— Elle est perchée, cette prof...

Remarque-t-on, distraitement, à haute voix, sans s'interrompre.

— Fleur.

Dit-elle soudain.

Les rares qui l'ont entendue se regardent et pouffent aussitôt de ce rire adolescent qui est autant de l'incompréhension que de la moquerie. Entre-temps, un peu de calme s'est fait, puis défait.

— Fleur.
Répète-t-elle alors.

— Mais c'est qui Fleur ?!
— Y a pas de fleur ici !
Lui renvoie-t-on çà et là dans un vague reflux de confusion, de rire et, bientôt, d'attention. Alors, la dame se lève et nous tourne le dos. La craie dont elle se saisit bat toute la largeur du tableau dans ce qui semblera du silence.

Et musicalement se lève l’absente de tous bouquets.

ET VOICI DANS L'AIR DE CE MONDE, cette fleur. Sans la voir, je la contemple. Elle m'apparaît presque. Pur vertige.

Le possible et l'existant sont à l'instant réunis, égaux, suspendus. Je n'en reviens pas. Mon cœur est en panique ou en liesse. Stupeur.

Détachée de son idée, la fleur naît encore. Outre les sens.

Là et absente. Vague et précise. Inimaginable.

Je pourrais situer le vertige à cet instant, dans cette salle de classe, dans ma vie qui, simultanément, s'en bouleverse. Mais situer serait restreindre.

Comme ces formes éblouies qui s'impriment sur l'œil et persistent, la fleur demeure. Mais sans forme. Toujours. Et nulle part. Ni visible, ni humée, ni palpable, elle flotte, latente et libre. Mon vertige est de sa consistance.

Cette fleur qui se lève et s'excepte à jamais est toutes les fleurs et n'en est aucune. Elle est en moi comme ailleurs, dans l'immédiat comme dans l'absolu. Elle est et n'est pas, infiniment.

Son ambivalence affleure en son, en silence, en vérité, en puissance. À l'état de soupçon, état de grâce, la fleur nulle s'en remet au souffle dont elle provient et demeure potentielle, intense, intacte. Sa précarité est, entre-temps, son éternité. Sa subsistance.

La fleur prononcée n'est pas même à portée de pensée. Rien ne l'atteint. Cette fleur relative est d'absence. À défaut d'être, elle se peut. Tout ce qui est tend à elle.

UN ÉNORME MANTEAU DE FOURRURE amplement ouvert empesait la silhouette de la dame à la fleur. Silhouette déjà lourde qui nous venait du bout du couloir. Un pan de cette fourrure se suspendait à hauteur de genou. L'autre, ballant, tombait presque jusqu'au sol. Le lent claquement des talons amenait dans un assaut de parfum le cliquetis des boucles et des bracelets. De près, la senteur enveloppante se compliquait d'une note d'herbes aromatiques et d'alcool pur. Une imposante poitrine haletante débordait le manteau ; le ventre, presque la poitrine. Élégamment décolletée, celle-ci servait de présentoir à un large macaron de métal brut. Une jupe descendait droit jusqu'à de fermes mollets enserrés de collants. Les pieds souffrant d'œdème et d'escarpins, la démarche était aussi lourde que fragile. Tout chez cette dame était coquet et caduc. Le rouge à lèvres semblait avoir été appliqué à l'aveugle dans la tempête qui avait ébouriffé le brushing et défait l'épaule du manteau. Sous un barbouillage poudreux, le teint des joues rondes était naturellement hâlé. Tombantes, les paupières soutenaient des cils englués de pétrole ; les yeux, un sourire permanent.

*

Pendant le soubresaut d'étonnement qu'elle eut un jour à la vue de celles et ceux qui, hilares, en fond de classe, fumaient leurs joints, la dame ne cessa pas de sourire.

— Quelle senteur...
S'émut-elle.

— ... Moi aussi quand j'étais jeune, je fumais de l'eucalyptus.
Acheva-t-elle de s'attendrir dans le rire général.

Il y avait autant d'eucalyptus dans ces joints que d'eau dans la fiole opaque qu'elle portait fréquemment à sa bouche et qui contenait ce qu'elle appelait son *élixir*. C'était de ce breuvage qu'émanait en surplus de parfum la puissante odeur d'herbes sauvages et d'éthanol.

*

Quelle que fût la nature de son ivresse, la dame – perchée en effet – se soûlait notamment, et surtout, de poésie. S'adressant à qui voulait et, à défaut, à l'absolu, elle n'eut jamais la moindre velléité autoritaire. Il semblait à sa ruine qu'elle n'avait plus d'autorité sur elle-même. Seul l'enthousiasme la tenait encore. Dans le vacarme total, cette dame délirante à l'accent si rondement bourgeois donnait l'impression de parler toute seule. Fût-ce même en partie vrai, ses envolées et ses digressions tissaient une pensée extravagante, sensible. Amoureuse.

Dans sa bouche qui en était éprise, la poésie, se jouant des siècles, se répondait instinctivement et s'interrogeait sur des visions de l'amour ou de la mort, des brisures de vers, des éclats de rythme. Elle semblait alors plus que jamais une petite fille joyeuse et ravie déguisée en dame. Impression appuyée par ce trop grand manteau de fourrure où, sur l'estrade, elle perdait ce corps rond, suant et haletant dont le visage exultait sous un maquillage excessif et brouillon. Se tordant les chevilles sans y prendre garde, elle vacillait dans ses chaussures à talons trop étroites comme une gamine dans de trop grandes.

Si aucune écoute n'était obligatoire, toute question était la bienvenue. Sourde au vacarme, la dame ne l'était jamais à la curiosité. Elle improvisait à la demande des édifices lumineux dont le faisceau à la ronde m'atteint encore.

Sans jamais lui avoir adressé la parole, je fus par cette femme et par ses yeux divagants mieux lu que par aucun regard. Dans la confusion de mes lignes lyriques et maladroites, sa ferveur sut la mienne.

S'AGISSANT DE FIGURES MARQUANTES, il y en avait, dans cet établissement, une autre. Antagonique.

Le vieux pull terne à col roulé qu'elle nouait par les manches à la ceinture de son jean laissait place sur ses épaules à un tricot à manches longues tout aussi vieux, terne et lui aussi à col roulé. Sous le tissu, la peau du cou tombait comme la poitrine. En dépit des affaissements, la dame n'était que droiture. Des cheveux gris et ras dégageaient un visage sévère et ridé d'où des yeux bleus perçaient. Précis sans se plisser, attentif sans se disperser, sensible sans affect, le regard était grand ouvert. Entre les joues fripées, une voix nette sortait de lèvres pincées, ligaturées de rides. La parole, du fait de la diction, sans jamais se hausser, se faisait entendre. Le propos, bien que franc et articulé, n'était quant à lui pas toujours compris d'emblée.

— Regardez sous vos pieds.

Avait-elle tout d'abord demandé à la classe qui s'était, à la rentrée, installée face à elle sans permission et que par conséquent elle avait fait relever, puis rasseoir. Venant d'épuiser des ressources de docilité inconnues d'elle-même, la classe, étonnée, n'était ensuite pas allée jusqu'à se reluquer les semelles.

— Bien. Quand vous en aurez le temps, vous regarderez sous vos pieds et constaterez que vous n'avez pas de racines.

Cette entame avait soulevé dans l'auditoire un sentiment bruyant mêlé de rires moqueurs et de révolte. Des paroles éparses avaient unanimement condamné l'intervention de la prof. Exclamations dont avait jailli çà et là le mot « racisme ».

— Bien. Nous reviendrons plus tard au racisme. C'est un sujet d'Histoire. Maintenant, je vous prie de vous taire et de ranger vos livres.

Ceux qui avaient sorti leurs manuels lui avaient demandé pourquoi les ranger. Le temps d'évacuer d'un ton monocorde et sec les quelques protestataires – c'est-à-dire deux bons tiers de la classe – chez qui la révolte s'était transformée en dissipation, puis en nuisance, la dame avait répondu :

— ... Parce que ces livres ne nous seront d'aucune utilité. L'Histoire n'y est pas libre. À l'avenir, n'en alourdissez plus vos sacs.

Déstabilisés par cette réponse imprévisible, n'y voyant rien à redire, les plus véhéments en étaient revenus à ces racines qu'on leur contestait.

— Moi, madame, je suis arabe et musulmane.
Je suis fière de mes racines !

Tous les mots de cette phrase avaient par la suite été contextualisés par l'enseignante. Si l'appartenance religieuse avait été d'emblée admise et écartée, l'ethnique avait quant à elle été reconsidérée, le mot « arabe » désignant sur les plans historique et géographique un peuple bien précis auquel la fille, contrairement à ce qu'elle avait toujours cru, n'appartenait peut-être pas.

— Mais madame, c'est une race !
— Les racines sont une affaire de botanique. Les races une question scientifique. Ces domaines ne relèvent pas de ma compétence. Revenons à l'Histoire.

Tout comme sa concision était loquace, sa dureté, qui passa d'abord pour de la sécheresse, s'avéra vite féconde. Les pieds auxquels elle nous rappelait étaient un moyen de locomotion mis à notre disposition par la nature. Autrement dit, l'humain, par nature, sans nécessairement être nomade, était mobile. Cette vérité sensible valait mieux que tous les enracinements métaphoriques. L'Histoire par ailleurs n'avait à l'entendre vocation à n'enraciner personne. L'Histoire, commençant à l'écriture, n'était qu'une documentation. Notre mission, une tentative de lecture et de compréhension. Même intellectuellement, il s'agissait encore de mouvement, de cheminement. Au gré des explorations, on apprendrait au hasard d'une digression qu'elle avait pour sa part vécu plus longtemps en Afrique que quiconque ici n'avait vécu sur Terre. Sans en être experte, elle connaissait intimement ce continent et bien d'autres encore. C'est de ce vécu, au détour, qu'elle nous informait. Quand quelqu'un invoquait le Coran, parfois jusqu'à jurer dessus, elle citait de tête une sourate très à propos qui éteignait les protestations. Le cours se poursuivait alors avec respect et attention, jusqu'au prochain assaut de curiosité.

— Eh, madame. Vous pensez quoi des gays ?
— Les gays, ici, ça n'existe pas.

Avait-elle répondu à la surprise générale, précisant ensuite que le terme était aussi anglo-saxon que le concept, que ce terme était le titre d'une communauté et que la France – sur le plan théorique du moins – ne réfléchissait pas en termes de communautés mais de citoyenneté. L'orientation sexuelle ne relevant pas du politique mais du privé, il n'y avait pas matière à la considérer autrement que comme la liberté de chacun.

— Et vous pensez quoi du mariage gay ?
— Je suis pour ma part opposée à tout mariage civil. Mais ce n'est que mon opinion. Je vois là un empiétement administratif de l'État sur la vie privée des individus.

Cette pensée à la fois franche et nuancée, sans toujours provoquer l'adhésion, suscitait l'écoute ; ce qui en ces murs était la plus rare et tangible forme de respect, sentiment inspiré par la cohérence à la faveur de laquelle elle se tenait toujours, face à nous, debout et droite.

Cette prestance que certains s'occupaient à mettre à l'épreuve couvait une intégrité inquiète et exigeante ayant le souci permanent du doute et du détail. Peu après l'avoir entendue évoquer la laïcité et le voile, on l'avait vue ôter un à un les anges qui, dans l'entrée du lycée, pendaient trop paisiblement au sapin de Noël.

Lorsqu'au printemps, grèves et blocus – occasion pour une minorité de lycéens de convertir l'aversion qu'ils avaient pour les cours, et incidemment pour le système, en bravade politique – interrompirent notre scolarité à grand renfort de barricades et de poubelles brûlées, la dame, bien que gréviste, ouvrit l'établissement à ceux d'entre nous qui le souhaitions. Nous rentrions alors, à son invitation, par une porte dérobée. On comptait parmi les volontaires certains camarades qui en temps normal n'allaient pas volontiers en cours. Ce n'était pas vraiment au lycée qu'on se rendait alors, mais à cette dame dont l'enseignement nous était une lueur indépendante, magnétique. Les faits historiques étaient vus sous tous les angles. Il entrait de la nuance et de la précision dans tout. Aucun édifice moral ne résistait à un regard si embrassant et pondéré. Sans toutefois laisser ses cours devenir des salons de conversation, elle écoutait et répondait par ailleurs autant que possible aux interrogations, nous élevant au doute et à la tempérance rigoureuse dont elle s'était fait une vie. Comme elle ne s'abaissait pas au débat, aux joutes, aux clivages et à la pensée binaire qui en découle toujours, nul ne put jamais présumer de quel bord politique elle était. Érudite, austère et probe, elle était du parti de sa lueur.

Je n'ai toujours pas d'amis, n'en souhaite toujours pas. Mais l'ambiance est telle qu'au fond, je m'y sens presque bien. Personne ne juge l'autre. Le sarcasme n'étant ici jamais une arme, on blague seulement. La taquinerie est une manière d'inclusion. Ce lieu a de plus une qualité suprême : celle de n'être pas chez moi. Ces murs abritent le pendant tranquille de mon quotidien. Le chaos de l'instruction, au regard de mon chaos de provenance, est salutaire. J'ai pour ces heures lestes une gratitude profonde.

*

La première année de lycée se déroulera ainsi dans une paix relative et nonchalante. Mon affinité pour les mots y débouchera ensuite tout naturellement sur une classe littéraire. Cette évidence, toutefois, se nuancera d'emblée. Le gouffre qui depuis toujours sépare mon attachement à la langue de l'étude de celle-ci se creusera soudain jusqu'aux abysses. J'aurai affaire à une vision formelle et analytique aux yeux de laquelle la langue est une chose inerte à disséquer. Je suis si étranger à cette approche professorale que s'instaure entre elle et moi un mépris réciproque au gré duquel mes résultats chuteront logiquement. L'expertise scolaire, sèche, méthodique et prétendument savante achèvera par ailleurs de conforter l'abstinence littéraire dont je me fais une religion secrète. Opposant ma méprise à la leur, je n'ouvrirai pas même les livres qu'ils me donneront à lire. Mon ignorance intentionnelle tiendra lieu de barrage à leurs préceptes.

Ignare jusqu'à l'insolence, je tiendrai bon.

*

Un jour, une comptable maniaque et détachée que j'avais pour enseignante s'enquit auprès de nous de qui avait fait ses devoirs. Personne ne répondit. Je finis – moi pour qui écrire n'était jamais un devoir, ni même une obligation, mais une nécessité – par émettre à contre-courant du silence général une réponse étranglée, presque inaudible.

— Ah, bien. Comme tu es le seul à en avoir écrit
un, tu vas nous lire ton texte. Ensuite, nous
le corrigerons tous ensemble.

Pris de court par cette requête, je tressaillis. Je voulus tout de suite m'y opposer comme à une sanction injuste, mais m'opposer me fut plus impossible encore que de m'exécuter.

J'inspirai alors, puis arrachai chaque syllabe à la panique qui battait mon cœur. Je tremblais tant que mes yeux s'en troublèrent. Des larmes de sueur tombaient sur ma feuille. Je me liquéfiais littéralement. Ma main, ponctuant les phrases, bougeait d'elle-même. Toute la joie que j'avais prise à écrire se traduisait en une langue opulente. Nul ici n'ayant jamais distinctement entendu ma voix, tous la découvrirent en même temps que cette profusion lyrique dont tout un chacun s'étonna, moi compris. À l'écoute de cette voix bientôt fluide que je découvrais être la mienne, la stupéfaction tourna à la symbiose. Il me sembla à la fois quitter ce corps et le rejoindre. Je n'y étais pas seul. Les lignes qui empruntaient ma gorge la dénouaient au passage. Chaque phrase me prêtait son rythme ; chaque mot, son souffle. Lisant, je fus comme habité et, quand vint le point final, comme vide.

De toutes parts, on m'applaudit et me sourit spontanément. L'enseignante, qui ne s'attendait à rien de ma part, fut visiblement dépassée, peut-être atteinte. Le regard rigide qu'elle avait toujours porté sur mes mots semblait s'être dissout à leur écoute.

Tous les regards sur moi changèrent d'ailleurs plus définitivement. Il y eut de l'estime.

RANIA ET NOUR. Deux manières d'être. Nour bruyante, remuante, débordante. Rania, tout aussi vive mais en retrait, en subtilité, en malice.

Les longs cheveux noirs de Rania, luisants de santé, lourds de boucles, d'épingles et de pincettes colorées s'échouent sur un petit corps ramassé, presque trapu. Les fossettes que soutient le sourire sont charnues et fermes, les joues rondes. Rondeur contrariée par un nez abrupt et par d'imposantes lunettes rectangulaires derrière lesquelles des yeux taquins se plissent en permanence. Le regard, quand il ne sourit pas d'amusement, sourit de voir et de penser. La vigilance est si vive, si constante, que ces yeux, plutôt que plissés, semblent bridés. Toute sa personne tient à cette physionomie. Un mélange radieux d'intelligence et de joie.

Sans toutefois être plus grande, la silhouette de Nour s'accroît par contraste avec celle de Rania. Nour est à la fois plus fine et plus voluptueuse. Si les deux peaux sont mates, celle de Nour est plus foncée. Sous une chevelure noire et suavement bouclée, un visage long aux traits fins avance toute l'épaisseur de lèvres rarement closes. Ces lèvres abondantes caressent et enduisent de brillance les dents puissantes qui font de chacun de ses sourires un événement. Les grands yeux noirs cillés de noirceur recèlent force et douceur. Ces deux grandes billes sombres vous fixent avec franchise et gravité. Elles sont le silence qui manque à sa parole.

Les deux filles, entourant le mien, de silence, le noient et, momentanément, m'en guérissent. Leur complicité m'englobe, m'embrasse, me ravive. C'est tout le problème. Entre elles, je tends presque à m'épanouir, me fige dans cette tension. Je retrouve la parole, le sourire, presque espoir. Mais la réjouissance a en moi un écho de malaise. Leur compagnie me console autant qu'elle me ronge. Je me frustre en secret.

Je les vois chaque jour se mouvoir dans la vie avec une fraîcheur gracieuse où il fait bon s'absorber. Pleines d'aplomb, de conversation, d'humour et de repartie, elles ont le présent léger et l'avenir facile.

Rania, qui est la meilleure de la classe, le sera *Inch' Allah* jusqu'à un diplôme de droit international. Les études, cependant, ne sont pas un moyen, mais seulement une hygiène momentanée. Car, ensuite – si elle ne s'est pas trouvé un mari d'ici là – Rania arrêtera définitivement son parcours. Elle demandera à ses parents de lui présenter un homme à qui elle se mariera.

Alors, elle se voilera avec bonheur et deviendra mère au foyer, puis grand-mère, arrière-grand-mère... Elle a beau en sourire, il n'y a là rien de fantaisiste. Sa projection est sûre, presque pragmatique. Tout son être s'y destine déjà. Le sourire est peut-être rêveur, mais d'une rêverie ferme qui tient de la certitude. Au décompte des années sur ses doigts, son enthousiasme, sans se languir, se nourrit déjà du futur qu'elle découpe en parts. Je m'étonne chaque fois de la netteté avec laquelle, souriante et sérieuse, elle se concocte une vie comme à la dînette. Mon étonnement, s'attendrissant, finit en respect.

Si la conviction de son amie inspire le même respect à Nour – respect auquel s'ajoute un peu d'admiration –, ses aspirations à elle diffèrent cependant radicalement. La religion – quoique présente – est chez elle plus diffuse. Par ailleurs, sa nature bourgeonnante et déja effusive se prête mal aux planifications. Elle n'est qu'à l'instant, curiosité, énergie, trépidation. Ses gestes d'enfant dissipée meuvent un corps partout ferme, partout débordant. Une douceur rattrape la brusquerie au vol, la change en charme. Le jaillissement de son être se traduit dans ses yeux en ardeur. Une petite fille se consume dans l'imminence d'une femme. Je m'éblouis de cette flambée.

Nour est en lutte. Une lutte qui l'essouffle parfois et l'anime toujours. Au collège, un professeur, las de l'entendre argumenter, l'a un jour appelée « vendeuse de tapis ». Cette appellation n'est pas passée. Ce vieux professeur qui avait aussi été le mien – mon tout premier professeur de français – et qui disait vouloir mourir à son bureau, fut, du fait de la plainte de Nour, poussé à la retraite. Cette histoire m'attriste. Cet homme à la fois inspiré et brutal, dévoué et violent, m'avait, sans jamais rien en exprimer, encouragé à l'écriture. La peine spontanée que j'éprouve pour le vieil homme n'est pas tout à fait atténuée par la tendresse que j'ai pour Nour.

Mais rien ne résiste aux insurrections de Nour ; rien ni elle. Sa vexation l'enflamme. Rien de strictement personnel cependant. Qu'elle conteste un détail ou se révolte d'un rien, elle prend toujours brusquement à cœur l'honneur humain. Cette hargne opiniâtre et vigilante se doit, au fond, à une sensibilité qui pendant la crise lui serre la gorge et inonde ses grands yeux noirs que rien ne saurait noyer. Blessée, elle est coriace. Invincible.

*

Tout comme la joie que j'ai à les côtoyer n'est pas seulement un bonheur, l'affection que j'ai pour Nour et Rania ne relève pas seulement de l'amitié. Trop d'étreintes s'y rêvent.

— Si tu te convertissais, on se marierait !

Me lance Rania, dans un éclat de rire où il y a trop de gêne pour qu'il n'y ait pas un peu d'aveu. Le sourire que je lui rends est de la même teneur. Toute conversion mise à part, je serais volontiers à elle. Ou plutôt, je leur serais volontiers, à elles deux. En fait, je leur suis déjà.

*

— Je suis contente de t'avoir rencontré...

Me confie Nour, d'ordinaire assez peu encline à la confession. Le contexte, lui aussi, est inhabituel. Nous sommes alors tous deux chez elle, dans la pénombre du tout petit salon du tout petit appartement où elle m'a convié. Sa mère n'est pas là et sa petite sœur dort à côté, me répète-t-elle plusieurs fois, me tendant encore des pâtisseries orientales et du thé à la menthe. Cet ample sourire que je lui connais prend au sein de cette pénombre exiguë et tiède une inclination inédite. Subjugué, paniqué, abject, je ne parle que des gâteaux que j'absorbe et dont on se lèche les doigts. L'éloge que je fais à la douceur du miel, aux débris de pistache et aux feuilletés enduits de fleur d'oranger atteint à dessein le sourire, puis les yeux auxquels je l'adresse secrètement. Cette ode dérisoire aura cependant, à la longue, raison de l'instant que j'ensevelirai sous mille autres thèmes. Je voudrais me taire mais ma bouche parlera pour moi. Bien que nous conversions sans déplaisir, cette coulée de mots, à terme, nous privera d'air et – pire – de silence.

— Au revoir, mon ami.

Ce dernier mot que, par pudeur, nous ne nous étions jamais dit, laissera dans mon thorax un écho juste et douloureux.

Derrière le duvet dont Edgar et moi nous faisions un rempart, l'obscurité qui niait le jour atténuait notre chaos. Un écran pour unique source de lumière, l'inexpiable densité du désastre crépitait seulement. Un ruban de mouches mortes attirait au plafonnier des rondes de mouches vives. Les nombreux jouets que nous avions abandonnés au sol un jour d'enfance le jonchaient à jamais, ainsi que toutes les assiettes, tasses, verres et couverts sales dont le dessus et le dessous des meubles débordaient. Cet amas, complété d'une infinité d'objets indistincts, était partout couvert des mouchoirs en boule qu'Edgar et moi, sévèrement allergiques à la poussière, y jetions par dizaines. Quand le cœur nous en disait, nous substituions parfois à la lueur de l'écran une boule lumineuse rotative qui caressait de ses ronds de couleurs les reliefs de notre antre. Hypnotique, cette féerie momentanée nous semblait valoir tous les efforts de décoration.

Notre chambre, par ailleurs, n'était qu'une part du désordre global, et de l'odeur. Le chaos était en effet la substance de cet appartement et, par extension, celle de nos vies. La poisse du sol, des objets et des meubles étant aussi la nôtre, nos chaussettes et les plantes de nos pieds nus lui devaient une teinte brunâtre indélébile. Partout, le linge était à l'état de tissu, le tissu à l'état de volume. Les piles finissaient en tas. Les tas, en éboulis. Il en était de même pour la vaisselle, autre prolifération dont tout s'encombrait. Rien ici n'avait d'ailleurs jamais été régi par la distinction communément admise entre propre et sale. Nous mangions dans les assiettes qui, à l'œil, nous semblaient correctes et évaluions de même, y ajoutant l'odorat, la propreté toujours éventuelle de tout vêtement.

Derrière une porte lourde de kilos de serviettes et de peignoirs, une pièce exiguë saturée de draps recelait en secret une salle de bains. Des murs délités et moisis y perdaient çà et là des carreaux de carrelage. Le lavabo était enduit d'une couche plâtreuse de dentifrice agglomérée de poils et de cheveux. Cet enduit blanchâtre éclaboussait le rectangle vertical qui, sous la souillure, était un miroir. Le rideau de douche, tout empesé d'humidité, était surtout lourd de la moisissure qui le rendait nauséabond et opaque. Au-dessus de la baignoire, une petite fenêtre carrée à hauteur de tête constituait un luxe délectable à la faveur duquel on ne se douchait jamais tout à fait dans l'appartement, ni même dans la ville, mais dans un arbre.

Tous les rebords de fenêtre étaient abondamment fleuris. Cette flore du pourtour envahissait le salon. Là, le chaos lui-même fleurissait et, par endroits, donnait des fruits. Rien de comestible. Cet écosystème qui s'étendait du bactérien au végétal, de la mouche à la mite et du chat à nous — bien que plein de vie — était invivable. L'angoisse y fermentait dans un mélange irrespirable de démission, de malaise, de sueur, de crasse, de poussière et de déjections.

Le chat, ne se contentant jamais de faire ses besoins dans la litière que nous rechignions à changer, contribuait à l'atmosphère. Il avait cependant contracté dans notre tanière un comportement étrangement humain. Il aimait à porter d'une patte délicate sa pâtée à sa gueule. Nous n'étions pas non plus surpris de le voir, quatre pattes jointes sur le rebord de la cuvette, toute croupe baissée et toute queue relevée, déféquer dans les toilettes. Cet être pudique lançait à qui l'interrompait dans cette besogne un regard aussi noir que lui-même. Alors, nous repoussions respectueusement la porte. Quand il lui arrivait de manquer sa cible, il se servait dans la colonne de papier toilette pour, déchiquetant un rouleau, enrober sa bévue. Ce chat savait par ailleurs atteindre la poignée du frigo, ouvrir la porte et se servir des denrées dont les grands singes abjects que nous lui étions le privions trop souvent. Manifestement conscient de ce qui était licite ou ne l'était pas, il ne s'adonnait à ces festins clandestins qu'en notre absence.

Bien que calme, profond et spirituel, ce chat, comme tout être civilisé, avait toutefois ses moments de sauvagerie. Ainsi était-il chasseur à ses heures perdues.

Heures impromptues au hasard desquelles nous manquions, au détour du couloir, de prendre des pigeons en pleine face. Heurtant objets, murs et plafonds, éclaboussant tout au passage de giclées rouges, ces masses informes de chair, de sang et de plumes volaient à l'aveugle dans l'espace de l'appartement à l'aide de ce qu'il leur restait d'ailes et de vie. Le prédateur, à leur poursuite, était méconnaissable. Ses proies étaient sa propriété. Il avait tout droit sur elles et sur leur agonie. L'être, féroce jusqu'à la bestialité, ressemblait alors à s'y méprendre à un félin et, peut-être même, sous certains angles, à un chat. Impression vite dissipée quand, revenu de sa frénésie, il se tenait face à nous. Son regard était si profond et expressif qu'il en était inqualifiable. Il y avait là une lucidité vertigineuse.

Mais ce qu'il avait à nos yeux de plus spécial tenait à ce que nous avions en commun. Nous avions baigné et baignions encore dans la même liesse, la même crasse, les mêmes troubles. Un même tumulte contrit battait sourdement nos cœurs. Ce qui nous liait était plus étroit que des liens d'espèce. Nous étions d'ici.

*

Cependant, quoique nombreux, nous étions là en minorité. Les objets nous toléraient.

Notre mère, qui n'avait jamais cessé de se révolter à grands cris contre cette oppression matérielle, en était la principale instigatrice. Jeter lui était impossible. Tout, se disait-elle, pourrait un jour servir. Tout s'accumulait donc.

Sa chambre, disposant de deux fenêtres d'angle, n'en jouissait plus depuis bien longtemps. Dans la pénombre incidente, le cumul était si dense que du plafond au sol, on ne présumait plus aucun mur. Longeant le souvenir enfoui d'un lit à deux places, une mince bande de parquet à peine praticable tenait lieu d'unique accès, et d'impasse. Écrasé par un tas disparate d'objets et de linge, le large matelas se réduisait à une marge étroite où il était à peine possible de s'allonger. Notre mère dormait dans cette marge. Le chaos l'en éjectait.

*

César, depuis quelques années, n'était plus à mes yeux qu'un tyran dérisoire doublé d'un adolescent attardé, superficiel et capricieux. L'âge avait éclairé sa personne sous un jour cru. Si, du fait de ses sautes d'humeur, je le craignais encore inévitablement, je pouvais toutefois en juger avec plus de hauteur et de détachement. Sa présence qui, depuis l'enfance, nous avait été une oppression, était par ailleurs plus discontinue et, de fait, moins gênante.

César, tout en habitant toujours sa chambre, y conviant la même cour d'amis dans la même fumée de cannabis et dans les immuables basses de la même musique techno, partageait désormais sa vie entre le travail, les boîtes de nuit et l'appartement de Lætitia, ce qui lui laissait moins de temps pour nous nuire. Peut-être n'avait-il plus tout à fait la tête à ça.

Du fait de son emploi de vendeur *dans le luxe*, ses ressources financières, comparativement aux nôtres, étaient considérables ; ses dépenses, plus encore.

Alors que ma mère était tenue par la loi à des dépenses restreintes dont elle devait trimestriellement rendre compte au centime près devant les autorités compétentes – budget rationné qui suffisait seulement à nous nourrir –, César quant à lui jouissait en plus de son salaire de nombreuses primes dont il se faisait une fierté et un monde. Sa petite chambre s'était encombrée de tant de meubles, d'enceintes, de spots, de platines qu'il y restait juste assez de place pour lui-même et pour ses convives. Comme la fumée y était dense, César avait investi dans un impressionnant ventilateur de plafond qui, sans y remédier, battait de ses pales l'irrespirable épaisseur de son air.

L'hostilité qui lui restait à notre égard et au gré de laquelle il lui arrivait encore parfois de nous accabler de cris et de reproches était surtout destinée à notre mère. Ce conflit-là, qui ne connut jamais d'apaisement, donnait lieu à des hurlements, des pleurs et des fracas continuels. Mais, bien que nul n'y pût s'habituer, cette fureur qu'ils entretenaient l'un pour l'autre nous était, à force, devenue une constante.

Olivier enfin, n'était, depuis son handicap, plus même un ennemi aux yeux de César. La vie l'avait vaincu pour lui. Il périssait à plein temps. Croisière statique dont il n'était pas le seul passager. Nous étions de fait tous embarqués dans cette déchéance qui avait ses accalmies et ses crises, et qui nous tenait lieu de climat.

Ma mère, quand César quitta l'appartement, sauta sur l'occasion pour attribuer la chambre devenue vacante à Olivier, qui jusqu'alors avait vécu au beau milieu de nous, dans le salon. Les murs de la pièce, d'un bleu sombre jauni par la fumée, furent, par ma mère, peints en blanc, ainsi que le plafond. Olivier y fut rangé. Dans l'ouverture de la porte, nous ne l'aperçûmes plus que sur le pas de cette chambre qui était aussi celui des toilettes. Là, quand il ne somnolait pas, il nous interpellait d'un mouvement de tête ou d'un mot.

Ce, jusqu'à ce que ma mère, ne supportant plus sa vue, le relègue quelques mois plus tard dans le coin opposé de l'espace, tout au fond. Là, elle environna son fauteuil d'une enclave de vieux linge. Manière d'ensevelissement.

Hors champ, elle le refoulait vivant.

*

S'il avait fréquenté le même collège qu'Edgar et moi, Arthur était cependant parvenu à s'en extraire.

Cette échappée se devait à deux choses. La première, ses excellentes notes ; la seconde, la suppression du cours d'allemand pour cause de sous-effectif. Suppression que notre mère avait espérée et même anticipée dès le moment du choix de la langue, choix qu'elle avait stratégiquement fait pour nous tous, parfois contre notre gré. Le rectorat, ne pouvant laisser Arthur sans cours de langue et ne pouvant rien non plus contre ses résultats, avait donc, à titre exceptionnel, daigné le changer de collège.

De là avait commencé une ascension dite *sociale*. Ainsi passa-t-il, redoublant d'efforts, d'un collège mieux réputé à un bon lycée, puis, après le bac, d'une école préparatoire à une grande école de commerce. Ces deux derniers établissements de son brillant parcours se situaient en province. Après une enfance et une adolescence de concentration et d'abnégation entièrement dévouées aux devoirs, dès dix-huit ans, Arthur, mieux qu'une ascension, avait gagné de partir.

De là, il ne rentra plus que les week-ends et pour les vacances.

— Ça va, gros lard ?

Me jetait-il alors du couloir, valise en main, tandis que, dans le salon, m'engraissant devant la télévision, j'habitais le canapé.

— Ouais, sale bourge !

Répondais-je naturellement. Il n'y avait là rien de particulièrement agressif ou de conflictuel. Seulement une habitude que l'hostilité avait prise entre nous. C'était notre façon de nous reconnaître, de nous saluer.

Arthur avait pour la nonchalance le mépris que j'avais pour la réussite. Sans que cela fût personnel, cet entrechoquement de nos mépris nous opposait.

Du social, au passage, s'insinuait dans l'affaire. Arthur avait épousé à la faveur de son essor des idées politiques altruistes et progressistes. De belles idées, de celles qu'on peut se permettre. Il faut en effet ne plus tout à fait l'être pour se pencher sur le pauvre. Quant à moi, je n'avais pas d'idée. Seulement une gratitude pour tout ce qui de l'État abritait, nourrissait et soignait. J'avais toutefois décidé que ce n'était pas là l'œuvre des altruistes, dont le sentimentalisme me gênait, mais celui de quelques figures plus austères et moins contemporaines.

Ne résultaient de ces maigres visions qui se croyaient politiques qu'une opposition de plus, un prolongement de nos insultes, une occasion de parler.

NOTRE MÈRE qui, enfants, nous avait habillés à la chaîne, continua longtemps à tendre des vêtements à Edgar, l'implorant de se hâter. Ce dernier n'était pourtant pas rebelle. Simplement rétif, dépassé par l'inexpiable urgence qui, en la personne de notre mère, chaque matin, le secouait comme un séisme. S'il n'était donc pas hostile, Edgar, ahuri de fatigue, n'était toutefois pas non plus très coopératif, pas en état.

Cependant, en dernier lieu, sans même obéir, il s'exécutait. De sa bouche entrouverte sur deux grandes dents coulait souvent un filet de bave. Sa tête toujours penchée sur son épaule et un strabisme sévère le déguisaient en débile mental. Son mutisme et la lenteur de ses réactions achevaient de l'enfermer dans ce statut, de le reléguer au fond de la classe. Quand, tandis que ses camarades avaient joui du droit d'apprendre à lire, on avait voulu le condamner à faire des puzzles, ma mère s'en était insurgée. L'école privée avait cependant craché Edgar en dehors de ses murs et n'avait jamais plus envisagé de le réintégrer à ses rangs de petits bourgeois prometteurs. C'est donc ailleurs, dans le public, dans des classes dites « d'adaptation », qu'Edgar avait ensuite bénéficié d'un minimum d'instruction.

Lui que le collège meurtrissait, n'y allait que parce qu'on l'en conjurait. Ainsi se traînait-il, à peine habillé, d'emblée débraillé, alourdi, avili, absent à lui-même, peiné d'avance d'avoir encore à subir l'un de ces milliers de jours sacrifiés à un rite dont il ignorait l'enjeu et dont le principe, à commencer par l'entame matinale, contrevenait à son métabolisme. De cette phase du jour où le seul fait de vivre était à peine supportable, à la foule assourdissante de centaines de semblables réunis dans un enclos, il tentait tant bien que mal d'essuyer jusqu'au soir l'immuable tempête du présent. Tempête de bruit et d'ennui dont, d'heure en heure, il contractait une migraine systématique, écho d'un supplice qui aurait raison de sa rêverie et, bientôt même, de son indifférence. Sa docilité tourna peu à peu à la douleur, puis au rejet. Les notes qu'on lui reprochait lui apparurent être des chiffres. Le sérieux, ses horaires, ses contrôles, ses impératifs, un asservissement.

Heureusement, il s'était trouvé tôt un camarade de déroute. Ibrahim, jeune blédard fraîchement débarqué. Inadéquat. Les deux amis eussent été, à une certaine époque, qualifiés de « drôles ». Leurs contemporains les appelaient plutôt des « chelous ». Quelque chose en eux différait en effet de la norme, les en discernait, dès l'abord.

Ibrahim était un enfant filiforme dont la tête était disproportionnellement volumineuse, longue de visage, et plane du front jusqu'au dos du crâne. Sa singularité s'étendait à son attitude ou, plutôt, à son comportement. Celui-ci était assez insoumis pour le dissocier de la masse docile, mais pas assez malveillant ni conscient pour l'intégrer à celle des voyous. Dans cet entre-deux, Edgar et lui s'étaient tout naturellement trouvés. Ils entretenaient par ailleurs avec les apprentis caïds, comme avec tout un chacun, d'excellentes relations, vaguement amicales. On ne se moquait pas longtemps d'eux. Ils intriguaient avant tout, à l'image de ces animaux inhabituels dont le reste de la gent s'interloque et que l'étrangeté épargne et gracie. De leur exception naissait tout autour d'eux une sorte de tolérance respectueuse, unanime. Il suffisait de leur parler pour découvrir derrière des apparences bénignes la flamme de leur duo.

Quand ils n'étaient pas à l'école, ils cherchaient tous deux des moyens, disaient-ils, de *faire de l'argent*. Non par vénalité, mais par goût. Goût du contournement. Très jeunes, ils aimèrent en effet à s'envisager en dehors du système. De cette velléité commune naquit une philosophie : la filouterie. Philosophie elle aussi active, fondée sur un sens accru de la débrouillardise, de la ruse et de l'initiative. Ainsi vendirent-ils leurs livres de cours aux meilleurs prix. Commerce qui s'étendit aux livres des bibliothèques municipales dont Ibrahim sut, sans trop de dégâts, faire disparaître les antivols ; Edgar, les tampons. De là, les livres, qui ne leur avaient été qu'un fardeau, leur furent une manne, une marchandise, une monnaie. De quoi s'acheter des bonbons par kilos, et autant de liberté.

Edgar, néanmoins vite rattrapé par un malaise moral, convainquit par la suite son collaborateur de restreindre leur activité à un champ d'action plus honnête. Il y avait là au moins autant d'argent à se faire. Ainsi, de malfrats, tournèrent-ils à brocanteurs ; ou plutôt ramassèrent-ils après chaque marché aux puces les nombreux livres délaissés même par la brocante. Traînant chacun un charriot plein à craquer, ils se devaient d'en récupérer le plus possible sur les trottoirs avant le passage imminent des éboueurs et, parfois, de la pluie. Ils se rendaient ensuite, vaillants et besogneux, lourds de livres et d'espoir, au cœur de Paris, dans une célèbre librairie de seconde main où ils obtenaient quelques pièces de monnaie qui avaient, en plus de leur humble valeur propre, la valeur inconsciente mais sensible du mérite. De même que leur malhonnêteté n'était pas un vice, leur honnêteté n'était pas tout à fait une vertu. Il y avait quelque chose de strictement pratique dans leurs agissements.

L'expérience, cependant, réserve même aux plus pragmatiques un lot de surprises parfois existentielles. Frappé par une étrange absence, Edgar se saisit un jour d'un volume de sa marchandise et alla distraitement jusqu'à l'ouvrir. Ce geste tint du miracle. Ce miracle ne quitta plus sa vie. Le livre ouvert faisait partie d'une série de vingt qu'il avait machinalement bourrée dans son charriot. Or, lui qui, à l'école comme en dehors, n'avait jamais pu soutenir la lecture d'une ligne complète, ne put résister, de chapitre en chapitre, puis de livre en livre, à l'appel de l'intrigue. Il y eut là comme une malédiction. Un enchantement.

À l'instar de ces dealers qui tapent dans le stock, Edgar fut de moins en moins prompt à la revente.

Gagnant de l'âge, de l'assurance et de l'ambition, Ibrahim et lui ne purent de toute façon pas longtemps se contenter de ces maigres poignées de pièces. Leur appétit, à l'adolescence, passa des bonbons aux kebabs. Les magouilles reprirent alors comme au premier jour de leur amitié, à cette différence près que les deux camarades ne voulurent plus voler que les voleurs. Or, pour bien comprendre l'ennemi, il fallait l'imiter. Les marques de survêtements – voleuses manifestes – vendent aux foules leurs logos à prix d'or. Edgar n'eut sur l'ordinateur du salon aucun mal à produire lui-même ces logos. Achetant des tee-shirts à bas prix et y appliquant à l'aide d'un fer à repasser les emblèmes fraîchement imprimés sur papier adhésif, il se fit contrefacteur. Ibrahim, habile dans le domaine relationnel, se proposa quant à lui de s'occuper de la vente. Il ne s'agissait toutefois aucunement de leurrer les acheteurs. La contrefaçon leur étant d'emblée avouée et assumée, le prix était très réduit. Dans leur cour de récréation, la demande afflua, puis les réclamations. Les clients se plaignirent en effet, au premier lavage, de la regrettable disparition du logo. Il fallut donc les rembourser et, à nouveau, réfléchir. Or, étrangement dynamisé par cet échec, Edgar, les mains vides, établit entre ces billets qui leur manquaient et l'imprimante, un lien plus direct. Le voleur à imiter était désormais celui qui produisait l'argent, le voleur suprême : l'État. La solution était là, sous leurs yeux. C'était – plutôt que de textile – de papier qu'il fallait donc se préoccuper et s'enrichir. Or, à l'occasion d'une halte nostalgique au marché aux puces, Edgar tomba justement sur une boîte entière du matériau qu'il lui fallait. Des rames intactes d'un vieux papier jauni qui présentait une double qualité de finesse et de solidité. Pour en venir aux faits, Edgar épuisant dans le dos de notre mère des heures et des cartouches, butant obstinément sur la réalisation d'un billet de banque recto verso et, là, d'une bande brillante, ne parvint jamais à imprimer la moindre petite coupure. De tous leurs projets, l'argent fut, de loin, le moins rentable. Eux qui avaient toujours fait banqueroute, atteignirent dans le domaine une forme notable d'excellence. Déjà total, leur échec se devait encore d'être littéral. Aussi, Edgar remplissant des corbeilles de billets ratés, ne parvinrent-ils tous deux jamais à *faire de l'argent*.

*

Edgar, bien que distinct de l'enfant discret, patient et docile qu'il avait été, n'était, en fin d'adolescence, toujours pas rebelle. Sa réticence d'instinct s'était simplement mue en opposition de principe. Il avait trop subi, trop daigné, ne voulait plus s'y reprendre, comme au piège. Après avoir redoublé plus de classes que n'en permettait le système, il fut « redirigé » vers des filières techniques qu'il ne choisit pas. Ainsi fit-il des mois de vaisselle dans les profonds éviers d'une école de restauration, avant d'abandonner. Puis, lui qui ne savait planter un clou, ni ne tenait à apprendre, rejoignit une classe d'apprentis ébénistes. Toutes les tâches dont on l'entourait lui semblaient vaines, abstraites, lointaines. Lorsqu'un enseignant trop volontaire mit un jour une scie dans ses mains, Edgar manqua de s'amputer. En plus d'être malhabile, il était ivre. L'alcool était entré en force dans sa vie. Son sac à dos n'était rempli que de canettes de bière bon marché. Munitions qui lui permettaient, du matin au soir, à grandes rasades clandestines, de s'abstraire du problème. Enfin, quand il ne renonçait pas de lui-même, l'école renonçait à lui.

Comme il fut donc à nouveau évacué et qu'on ne pouvait décidément rien faire de lui, Ibrahim lui trouva du travail. Aux aurores, il s'agissait toujours de se secouer. Et, cette fois-ci, plus tôt que jamais. Calant entre les canettes un lourd classeur qu'il prenait sur son dos, Edgar, hagard de la veille et, déjà, du lendemain, se rendait au premier métro. Il sillonnait la ville et sa lointaine banlieue afin de s'asseoir sur les bancs des gares routières et d'y noter, ligne à ligne, minute après minute, les départs de bus. Jusqu'encore et enfin, après d'insupportables mois de vie ainsi gâchés, à démissionner.

Quelque temps après cette ultime déconvenue, Edgar, à dix-sept ans, ne tarda pas à buter contre du solide : la porte de l'appartement. Ses affaires, sur le palier, bourrées dans des sacs-poubelle. C'est lui qu'on jetait. Notre mère l'avait prévenu. Elle le mettait à la rue. C'était là « sa place ». Il l'avait voulue. Et s'il fallait beaucoup pour enrager ou faire pleurer Edgar, ce fut assez. Tambourinant à la porte, il finit par pleurer de rage et de désespoir, jusqu'en silence, sur une marche de l'escalier.

— Elle veut me jeter, la pute !...

M'annonça-t-il, prostré, contrit de sanglot, alors que, stupéfait, je rentrais du lycée.

Me voyant par l'œilleton, notre mère finit enfin par ouvrir. Edgar, dans mon sillage, rentra dans l'appartement, tout encombré de ses sacs. Son expression était passée de la colère à la dévastation, puis à une sorte d'égarement incrédule. Il n'y avait pas moins de détresse de ce côté de la porte.

L'ENFANCE PASSÉE, chacun de nous devenait le fantôme de l'enfant qu'il avait été et ne serait jamais plus. Notre mère aurait voulu qu'on la ramène au temps des bords de lèvres à essuyer, des égratignures à désinfecter, des cauchemars à tourner au ridicule.

Or, Edgar, qui avait longtemps été le plus dépendant d'entre nous, était, à l'adolescence, le plus radicalement différent. Notre mère ne l'avait aimé que servile, vulnérable, enfant. Elle ne l'aimait pas *libre*.

*

Un jour, en notre absence, notre mère remplaça par un lit à une place le lit superposé où Edgar et moi dormions depuis toujours. L'injonction était de partir d'ici ou de nous serrer. Notre mère ne s'explique pas. Elle ne répond jamais ni de ses mots ni de ses actes. Elle est en tort comme en paix, comme ailleurs. Et de là, comme de loin, elle aura raison de votre calme. Rien à faire. Le cri, peu à peu, vous prend de force, de l'intérieur. Et vous voilà contre votre gré, cœur serré et battant, gorge contrainte, yeux humides de rage, esprit et bouche déchirés d'arguments, de reproches et d'insultes sans effet. Du moins, sans effet sur elle, devenue muette, placide, innocente. Elle ne vous regarde toujours pas, même de si près, même à vous fixer. Alors que, poings et cœur serrés, tremblant, vous lui gueulez de tout vous-même à la face, elle plisse les yeux, d'un peu de vent absent. Elle n'entend pas. Chacun de nous – hormis Émile – passe souvent par là, y est poussé, acculé, cerné aux confins d'une colère sans destinataire qui immole et consume jusqu'à une voix méconnaissable, hurlant moins de fureur que de détresse, puis de sanglots.

La mère, elle, s'est bel et bien retirée sur place, volatilisée en présence, exemptée. Après avoir blessé en actes et en mots, elle blesse en silence, l'air de rien, tranquille, imperturbable. Sans les mains et sans peine, c'est par votre intermédiaire qu'elle vous égorge, qu'elle vous saigne. Elle vous fait passer comme une crise le goût de vouloir, dont elle vous vide. Elle vous dégoûte du respect qu'elle vous refuse.

Enfin, le calme vous prendra, peu à peu, comme, tout à l'heure, le cri. Mais sans raison. Alors, seulement, vous lui tournerez le dos, épuisé. Le cœur – lui – mettra encore des heures à se calmer et une vie à se meurtrir.

Vous aurez beau en faire mille fois l'expérience, la cruauté, intacte, vous frappera chaque fois à nouveau très fort comme par surprise, et ce, outre la jeunesse, aussi loin qu'on aime : à jamais.

*

Pour le moment, je laissai le lit à Edgar et couchai sur le parquet. Après tout, le malaise de cette vie n'avait plus à disposer d'un lit. Au sol, j'eus chaque nuit le sentiment concret de cette cohérence. Me retournant dans tous les sens, je m'accoutumai du corps à la situation. Je m'y flanquai.

Un soir, alors qu'il n'avait pas pour habitude de demander quoi que ce soit d'autre qu'une pomme, ou qu'on lui relève son coussin, Olivier me demanda de jouer avec lui. Ce fut si surprenant que pour m'assurer de l'avoir compris je lui fis répéter. Il voulait jouer ; jouer vite, à n'importe quoi ; mais jouer tout de suite, avec moi. Ses yeux hurlaient d'urgence. Comme lui, je ne savais pas à quoi on pourrait jouer. Je ne jouais moi-même plus à rien. Alors je trouvai un jeu de dames. La chaise que j'apportai d'une autre pièce à son fauteuil, le dépliage du plateau, chaque geste me sembla inaugurer un réel étrange, plus criant, plus juste. On commença à bouger les pions. Il souriait de malice à chaque coup qu'il retardait. Ce sourire débordait sur moi. Quand je me penchais sur le damier, il me regardait comme jamais. Puis il me posa des questions, voulut savoir où j'en étais comme on se soucie de quelqu'un qu'on connaît. Nous ne jouâmes vite plus à rien. La bonté simple qui provenait de lui réduisait à néant la réticence qu'on m'avait inoculée. Mon cœur me sembla battre dans un thorax plus ample. Il me parla du porte-avions, des ballons qui tombaient à la mer, des défis lancés sur l'océan. Son sourire portait un peu de tous les rires latents. Nous parlions peu mais l'absurde, à mesure que nous parlions, se dissipait comme un brouillard fictif et nous laissait face à face, à nous écouter. Il me livrait son essentiel, qui tenait en quelques anecdotes qui dataient d'avant moi. Un an qui fut sa vie. Sa vie était sur le pont d'un bateau de la Marine nationale. Sa vie était restée autour du monde. Il ne m'en parlait pas en père, mais en homme. En jeune homme ému, avec des yeux camarades.

— Ça va plus là-haut...

Me dit-il soudain, me regardant intensément, un doigt sur la tempe, l'autre pointant au-dessus de mon épaule le monticule de linge qui, tout autour de lui, depuis des mois, achevait de l'enfouir. Il s'étrangla dans un sanglot. Un pleur abondant déborda ses paupières et dévala ses joues. Il baissa la tête. De lourdes larmes verticales tombaient sur ses cuisses. Il releva ses yeux trempés vers moi. Seulement ses yeux. Il n'avait plus de regard.

Toutes les briques se ressemblent, pourraient se confondre. Mais il y a, au fond de la cour, le troisième étage, débordant de fleurs, toutes fenêtres ouvertes, en toute saison. Il y a les fenêtres où l'on subit et, à l'angle, celle, précise, où l'on souffre. On pourrait rentrer à l'oreille. La cour, l'immeuble, l'étage crient. Et nous, on rentre au cri.

Se retourner, allongé, encore, pour rien, dans la nuit servile. Depuis l'autre chambre, la détresse ne s'interrompt qu'à reprendre son souffle, son cri. Long, puissant, déchiré. Mon cœur et ma tête travaillent en vain à omettre le présent, son bruit, sa voix. Mais le cœur, surtout, n'y peut rien. Il se comprime comme à entendre, chaque fois atteint comme muscle, sans délai. En fin de cri, la chair du cœur se relâche seule, jamais longtemps. D'heure en heure, il n'y a plus d'heure, plus de chambres, plus de couloir, rien entre, rien autour. Du muet et du cri. En sursauts, en pauses, en reprises. Ça se tait et ne se tait plus, alternativement. La récurrence a eu raison de la tristesse, de la colère, de l'immédiat. À la longue, mon cœur sursaute moins. Ma gorge s'est desserrée d'elle-même. Le peu qu'il reste de moi s'abstrait du harcèlement qui se prolonge. Ça gueule encore, à toute force. La nuit se distance. Pas le cri.

Un soir, j'entendis ma mère hurler d'un hurlement anormal qui appelait à l'aide. Mon père, qu'elle tentait de coucher dans son lit, lui glissait des bras. Quand j'accourus, Émile et elle tentaient de le retenir sur le rebord, ne parvenant de toutes leurs forces et cris combinés qu'à accompagner sa chute sur le parquet. Ses yeux étaient révulsés, son jogging imprégné d'urine jusqu'aux genoux, sa bouche ouverte de toute sa mâchoire sur une glotte dont sortait un sifflement aigu de suffocation. Tandis qu'Émile et ma mère, désormais reculés dans l'embrasure de la porte, hurlaient leur pleur, je me tenais là, comme seul, en surplomb. Mes larmes inhibèrent jusqu'à leur sécrétion. Je tombai sur mes genoux, m'inclinai sur lui et, dans l'oreille – qui est la part la plus inerte d'un corps inerte – je me vidai en un cri de tout l'espoir d'être audible. Ne sachant que faire de mes mains, j'adressai deux claques vaines de part et d'autre de ce visage distendu que, déjà, je ne reconnaissais plus. Les cris de mes deux spectateurs s'amplifiaient, mais au loin, vers la vie.

Tandis que le sifflement avait expiré, je me surpris à l'exécution de gestes que je ne me connaissais pas, cherchant un pouls au cou et au poignet. Rien de palpable. Je hurlai à nouveau, mais de colère. D'une colère active qui me fit sauter à mains jointes sur sa poitrine. Le rebondissement de mon corps sur cet autre remplaça penser. Au décompte mental de deux secondes, je lui assénai frénétiquement tout mon poids, bras tendus. Comme la pression de mes paumes était décidément inconséquente, ce fut de mes poings que je m'appuyai sur ce thorax, à toute force, quand, soudain, lors d'un rebond qui eut la fureur d'un coup, la tête d'Olivier se releva, inspirant comme du fond d'ailleurs, à s'en étrangler. Ce long souffle contraint rapatria sous ses paupières un liseré de pupille. Sa tête retomba comme un poids sur le parquet, bouche béante. Ses yeux exorbités et injectés de sang ne virent pas la main que j'agitais devant eux, mais les pupilles leur étaient revenues. Je surpris même une paupière battre. Son visage recouvra une pâleur plus familière. Mon oreille, sur sa poitrine, entendit la tentative d'un cœur.

Les pompiers fendirent les pleurs et me congédièrent. Depuis le couloir où je reprenais mon souffle, quelques mots techniques, des meubles écartés, l'affairement normal d'un groupe d'hommes au travail.

À leur sortie, quelques minutes plus tard, l'un d'eux, cherchant un interlocuteur, contournant la dévastation de ma mère et d'Émile, s'arrêta sur moi. À sa demande, je lui dis tout. Et tout tenait en quelques mots qu'il nota sur un calepin. Je dus convertir en minutes l'époque qu'avait duré l'évanouissement. Il m'apprit enfin que le pouls dont je lui avais parlé était absent à leur arrivée et qu'ils l'avaient obtenu ensuite par défibrillation. Désormais, celui-ci semblait stable.

Olivier, inconscient, fut brancardé dans la foulée et descendu au camion par l'escalier. Je fus prié de les suivre dans la rue jusque sous la lumière du gyrophare. On interrogea mon âge. Le camion emporta l'éblouissement dans la nuit.

Ils avaient eu besoin d'une signature.

J'étais majeur.

....

Finablement, en escripvant,
Ce soir, seulet, estant en bonne,
Dictant ces laiz et descripvant,
J'ouÿs la cloche de Serbonne,
Qui tous jours à neuf heures sonne
[...]

Ce faisant, je m'entroubliay

Le Lais, François Villon
XXXV - XXXVI

....

Ce livre a été achevé d'imprimer par les imprimeries Corlet,
en Normandie, au mois de septembre 2025.
ISBN : 978-2-37055-464-2 | Dépôt légal : août 2025
N° imprimeur : 25080392